BITTE NICHT ÖFFNEN

WINZIG!

BITTE NICHT ÖFFNEN

Band 1: Bissig!

Band 2: Schleimig!

Band 3: Durstig!

Band 4: Feurig!

Band 5: Magic!

Band 6: Rostig!

Band 7: Winzig!

Weitere Päckchen sind unterwegs!

Charlotte Habersack

BITTE NICHT ÖFFNEN

WINZIG!

Mit Bildern von Fréderic Bertrand

CARLSEN

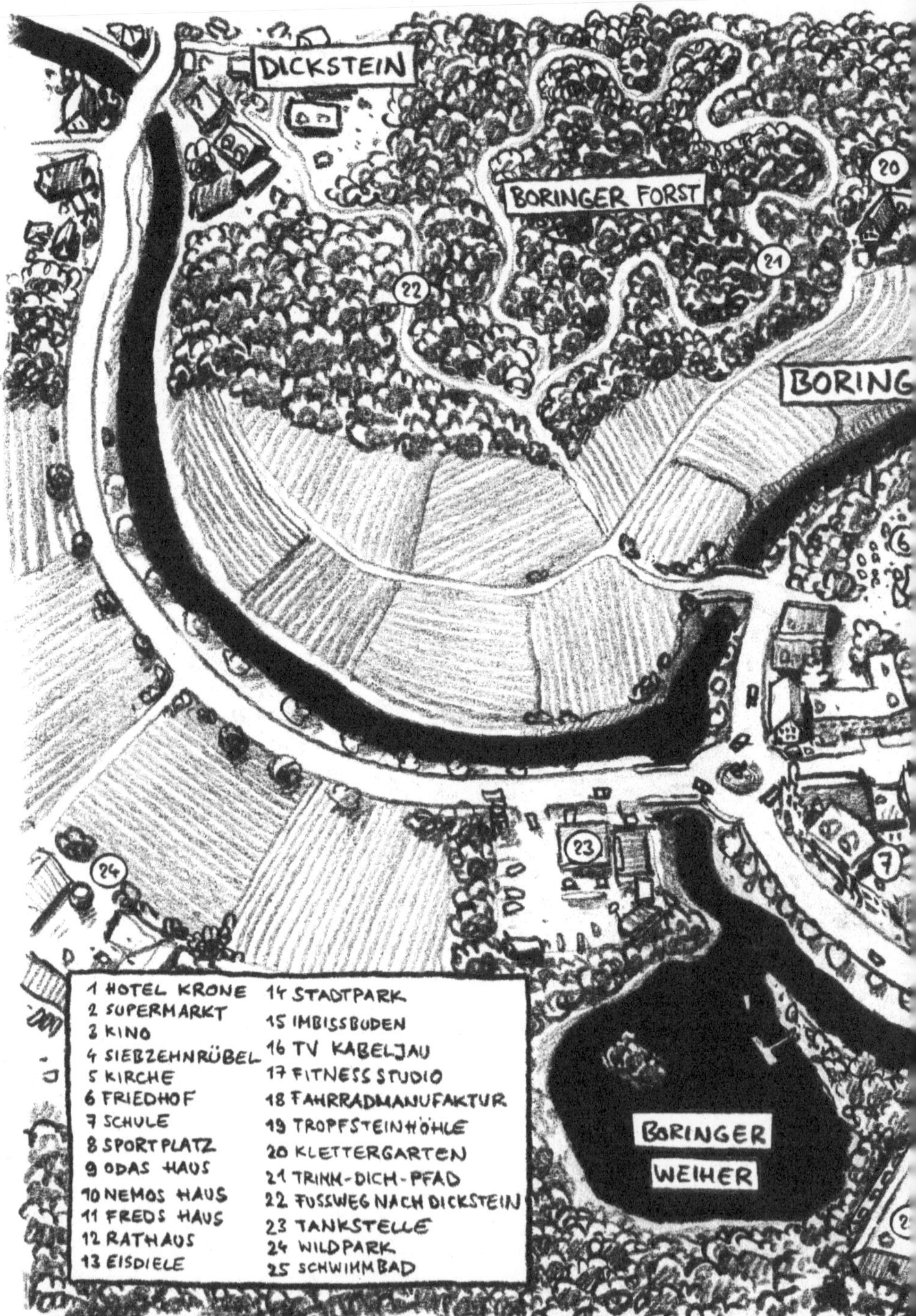
DICKSTEIN
BORINGER FORST
BORING
BORINGER WEIHER
1 HOTEL KRONE
2 SUPERMARKT
3 KINO
4 SIEBZEHNRÜBEL
5 KIRCHE
6 FRIEDHOF
7 SCHULE
8 SPORTPLATZ
9 ODAS HAUS
10 NEMOS HAUS
11 FREDS HAUS
12 RATHAUS
13 EISDIELE
14 STADTPARK
15 IMBISSBUDEN
16 TV KABELJAU
17 FITNESS STUDIO
18 FAHRRADMANUFAKTUR
19 TROPFSTEINHÖHLE
20 KLETTERGARTEN
21 TRINK-DICH-PFAD
22 FUSSWEG NACH DICKSTEIN
23 TANKSTELLE
24 WILDPARK
25 SCHWIMMBAD

BURGRUINE

Inhalt

und los!

Zwei Tage bevor alles begann …

Sekis Magen knurrte, als er zu Bett ging. Er hatte nur wenig zu Abend gegessen, weil sich seine Unterlippe noch immer ganz taub anfühlte. Der Zahnarzt, Dr. Löcherl, hatte ihm eine Spritze verpasst und gebohrt.
Seki seufzte. Er hatte seinen Eltern versprechen müssen, nie wieder ein einziges dieser klebrigen Bonbons zu essen. Ein Versprechen, das er leider nicht halten konnte, denn ihm fehlte noch eine Figur. Ausgerechnet die Königin! Alle anderen hatte er freigelutscht.
Stolz blickte Seki zum Setzkasten über seinem Bett, in dem die Sammelfiguren

endlich wieder ordentlich aufgereiht standen. Die blöde Schwerelosigkeit hatte alles durcheinandergebracht.
Müde schloss Seki die Augen.
Als er sie am nächsten Morgen wieder öffnete, erschrak er.
Der Setzkasten war leer.
Alle seine Maipupus ... einfach weg

Der Dieb lachte zufrieden, während sich in ihm eine tiefe Traurigkeit breitmachte. Sekis Schmerz war sein Schmerz. Schadenfreude und Selbstmitleid trieben ihm Tränen in die Augen. Schwarz tropften sie auf die bunten Figuren in der Kiste. Bald würden sie zum Leben erwachen und für ordentlich Chaos in der Stadt sorgen!

Gackernd warf der Dieb den Deckel zu und kritzelte die immer gleiche Adresse darauf:

AN NIEMAND!
WO DER PFEFFER WÄCHST
AM ARSCH DER WELT

„Ich sehe aus wie eine Mischung aus Mini-Arzt und Maxi-Trottel!", maulte Nemo, während seine Mutter ihm den schneeweißen Kittel zuknöpfte. Aber es half nichts. Sie bestand darauf, dass er im Supermarkt Arbeitskleidung trug, um seine Klamotten zu schonen. Zu allem Übel stand auch noch *Es bedient Sie: Herr Pinkowski* auf der Brusttasche. Hoffentlich sah ihn Oda so nicht! Grummelnd machte sich Nemo an die Arbeit. Er fischte eine Packung Wattestäbchen aus der Käsetheke und stellte mehrere Flaschen Shampoo zurück ins Regal.

Seufzend sah er sich um. Der Boden war übersät mit Lebensmitteln, Drogerieartikeln und Schreibwaren. Gleich nach dem Mittagessen hatte er in den Supermarkt kommen müssen, um seinen Eltern zu helfen. Seit drei Tagen räumten sie die Waren ein, die bei der Schwerelosigkeit aus den Regalen geflogen waren. Seine Mutter sammelte alles ein, was auf dem Boden lag, und sortierte es in verschiedene Körbe. Sein Vater trug die Einkaufskörbe in die Gänge, Nemo räumte die Sachen ein. Eine stumpfsinnige und stinklangweilige Aufgabe. Dabei hatten er und Fred eigentlich vorgehabt, am Nachmittag ein paar Bälle hin und her zu kicken. Womöglich war heute der letzte schöne Herbsttag im Jahr.
Fieberhaft dachte Nemo über eine Ausrede nach, mit der er sich abseilen konnte, während er mehrere Tüten Nofties zurück in den Aufsteller stopfte:
Ich muss noch einen Aufsatz schreiben.
Ich habe Zahnschmerzen.

Ich hab was in der Schule vergessen …
Da plötzlich öffnete sich die große Schiebetür des Supermarkts und Hubsi Hubert betrat mit federnden Schritten den Laden. Nemos Laune hellte sich augenblicklich auf.
Der Moderator von TV Kabeljau war sein großes Vorbild. Nicht nur, dass Hubsi supergut aussah, er war auch ultrasportlich und hatte immer einen lockeren Spruch auf den Lippen.
„Hey, hey, hier siehts ja aus wie in meinem Kinderzimmer“, scherzte der Moderator und tänzelte auf Zehenspitzen um ein paar Beutel mit Puddingpulver herum. „Wer nicht aufräumt, geht aber ohne Nachtisch ins Bett!“ Mit suchendem Blick scannte er den Boden ab. „Wo ist denn hier die Schreibwarenabteilung?“
Nemo kicherte und half ihm, einen Radiergummi und eine Rolle Klebeband zu finden. Geschickt fing Hubsi die Sachen auf, ließ sie auf seine Fußspitze plumpsen und kickte sie in den Einkaufskorb. Lässig warf er aus fünf Metern

Entfernung zwei Tafeln Schokolade und ein Tütchen Pfefferkörner dazu.

„Pfeffer – versenkt!“, rief er fröhlich.

Nemo lachte. So wie Hubsi wollte er auch einmal werden! Eilig lief er zur Kasse, um ihn selbst abzukassieren. Während er die Einkäufe über den Scanner zog, konnte er noch ein Weilchen mit seinem Idol plaudern.

„Wenn es Sie und Ihren lustigen Wetterbericht nicht gäbe, wäre mit dieser Stadt rein gar nichts anzufangen“, schmeichelte Nemo.

„Na ja, immerhin gibt es noch euren Supermarkt“, schmeichelte Hubsi zurück, „da, wo sich Borings bessere Gesellschaft trifft.“ Schmunzelnd nickte er rüber zu Frau Moscherosch, die an einem Deo schnüffelte, und weiter zu Peer Fekt, dem Friseur, der vergeblich versuchte, eine Sektflasche im Pfandautomaten abzugeben.

Nemo prustete los. „Also wenn der Supermarkt der spannendste Ort einer Stadt ist, dann ist in ihr aber nicht besonders viel los.“

„Und *ob* hier was los ist", mischte sich auf einmal Freds Vater ein. Herr Koch war kurz in den Laden gekommen, um ein Plakat aufzuhängen. „Denk an den Actionlauf."

„Den Actionlauf?" Nemo runzelte die Stirn.

Herr Koch sah ihn verunsichert an. „Hat dir Fred denn noch gar nichts davon erzählt?"

„Nein. Was soll das sein?"

„Eine Art Parcourslauf mit verschiedenen Stationen", erklärte Herr Koch und zählte diese so begeistert auf, als würde er von einem leckeren Menü sprechen: „Wir starten am Marktplatz mit einem lockeren Lauf zum Boringer Forst. Dort geht es den Trimm-dich-Pfad entlang über den Kletterpark durch die Sümpfe zur Burg. Wir krabbeln in die Tropfsteinhöhle und schlüpfen aus einem Felsspalt wieder heraus. Hinterher geht es bergab, am Ufer entlang bis zur Tankstelle und dann schwimmend über den See. Zum krönenden Abschluss treffen wir uns erneut auf dem Marktplatz. Dort wird es eine Kletterwand geben und brennende Holzscheite, über die man springen muss."

„Klingt cool!" In Nemo regte sich die Abenteuerlust. Allerdings wunderte es ihn nun nicht mehr, dass Fred ihm die Sache verschwiegen hatte. Sein bester Freund *hasste* Outdoor-Aktivitäten. Viel lieber blieb er zu Hause und backte mit seiner Großmutter Kuchen.

„Es gibt auch Aufgaben fürs Köpfchen", verkündete Freds Vater und tippte sich mit dem Zeigefinger an die Stirn. „Man muss so viele Gemüsesorten wie möglich erkennen. Schließlich geht es um *Fitness* und *Gesundheit*."

Nemo schielte auf die Tafel mit den Gemüsesorten, die neben der Kasse hing. Durch seine Arbeit im Supermarkt wusste er zwar, wie Gemüse aussah, aber von den meisten Sorten kannte er nur die Nummern, die man in die Kasse eintippen musste: Die hellgrüne Knolle war Nummer 17, die rötliche Kartoffel 32, die seltsame Wurzel 10 und der lange blasse Salat hatte die Nummer 2.

Aber wie hieß das ganze Grünzeug noch mal? Da würde er wohl üben müssen!
Nemo versprach Freds Vater, auf jeden Fall teilzunehmen, erst recht, als Hubsi Hubert ankündigte, mit einem Fernsehteam vorbeischauen zu wollen.
„Wenn das Wetter mitspielt", schränkte der Moderator ein und verabschiedete sich.

Kaum waren die beiden Männer gegangen, lehnte sich Nemo zurück und träumte von seinem Pokal. Schon sah er sich schmutzig und abgekämpft auf dem Siegespodest stehen und Hubsi ein Interview für seinen sportlichen Wetterbericht geben.
Das würde alles ändern!
Denn seit dem Filmabend neulich brachte er Oda gegenüber kein intelligentes Wort mehr heraus. Und alles nur, weil Fred „Status: Verbiebt!" gerufen hatte, als Oda sich neben Nemo auf das Sofa gekuschelt hatte. Jetzt lief Nemo ständig rot an und war auf einmal wieder so schüchtern und nervös wie am Anfang. Aber mit einem Pokal in

den Händen würde er sicher sein Selbstbewusstsein zurückgewinnen. Oda würde ihn maßlos bewundern und ihm gratulierend um den Hals fallen.

„Ach, hier steckst du!“ Eine Stimme riss Nemo aus seinen Gedanken. Er blinzelte, als wenn er ein Staubkorn im Auge hätte. Oda stand vor ihm, die Hände in die Hüften gestützt. Sie trug einen grün karierten Schottenrock und eine passende Mütze mit flauschigem Bommel dazu. Trotzdem fragte ausgerechnet sie: „Wie siehst du denn aus?“

„Ich?“, krächzte Nemo wie ein Dinosaurierbaby. Es wurde ihm heiß und kalt zugleich. Doch bevor er irgendetwas erwidern konnte, war Oda schon beim nächsten Thema: „Stell dir vor, Fred und ich haben Frau Ücke getroffen. Sie war gerade auf dem Weg zu dir. Mit einem neuen Päckchen! Wir konnten sie überreden, es uns zu geben. Fred hat es mit nach Hause genommen.“

„Was?“ Verwundert stellte Nemo fest, dass sein Herz noch schneller schlagen konnte, als es das eh

SPEZIAL
SUPER BIO
ANGEBOT
KG. 18,99
KASSE 1
COFFEE
WUNDERLING
NOFTIES
CHOC
CHERRY
KARTEN-
ZAHLUNG

schon tat. Ein neues Päckchen? Eigentlich cool. Aber ein Monster, das den Actionlauf gefährdete? Nicht so cool!
Schon sah er seinen Traum von einem strahlenden Sieg wie Magics Seifenblasen zerplatzen. Nein! Diesmal musste das Päckchen noch ein paar Tage warten.
„Was ist?“ Oda wippte ungeduldig auf den Zehen. „Kommst du oder willst du, dass Fred das Päckchen allein aufmacht?“
Nemo wurde nervös. Nicht, weil er glaubte, dass Fred das Päckchen öffnete – das würde er niemals tun, schon gar nicht allein –, aber was, wenn es jemand anders aufmachte? Immerhin war das schon zweimal passiert: Franz Ach hatte Vampiranja, die Vampirpuppe, freigelassen und Ossi, der kleine Jack Russell, hatte das Päckchen mit Magic, dem Einhorn, zerfetzt. Nemo traute zwar Fred, aber nicht dessen Schwester über den Weg. Antonia bestellte ständig irgendetwas im Internet und liebte es, Päckchen zu öffnen und

Videos davon zu machen. Keine Frage: Das musste verhindert werden, wenn er als Sieger des Actionlaufes von Oda umarmt werden wollte!

„Ich komme!“ Hastig sprang er von dem abgewetzten Bürostuhl hinter der Kasse auf und zerrte sich den blöden Kittel vom Leib. Er hüpfte über das Förderband und rief seinen Eltern zu: „Bin gleich wieder da!“

Verwundert sahen Herr und Frau Pinkowski ihrem Sohn nach.

„Äh ... ich glaube, er hat den Herd angelassen“, murmelte Oda entschuldigend. Dann sauste sie Nemo hinterher.

Fred lümmelte auf dem Sofa und sah zu, wie ein gigantischer Mosasaurus einen weißen Hai verschlang. Seit zwei Stunden schon zappte er sich durch die Programme und war schließlich bei *Giganten der Meere* hängen geblieben. Seine Mutter wäre sicher nicht begeistert gewesen. Aber seine Großmutter, die auf ihn und Antonia aufpasste, solange seine Mutter arbeitete, nahm es mit den Fernsehzeiten und Inhalten nicht ganz so genau. Im Gegenzug verriet Fred seiner Mutter nicht, was Omi nachmittags so trieb. Meist saß sie, wie jetzt, mit einem Bier und einem riesigen Stück

Sahnetorte in der Küche und las die *Klatsch Royal.* Zu sehen, dass es den Schönen und Reichen auch mal schlecht ging, hatte etwas Tröstliches für sie. Dabei ging es seiner Großmutter gar nicht schlecht, fand Fred. Oft genug häkelte, backte oder kochte er mit ihr. Und weil sie so viel Zeit miteinander verbrachten, sprach er auch manchmal wie sie.
„Hallöchen, meine Lieben!", flötete er erfreut, als seine Freunde das Wohnzimmer betraten.
Antonia, die Oda und Nemo hereingelassen hatte, grummelte etwas von „wohl die Klingel nicht gehört" und zog sich in ihr Zimmer zurück.
Nemo atmete auf. Offensichtlich war Freds Schwester das Päckchen noch nicht unter die lackierten Fingernägel gekommen. Erleichtert ließ er sich in einen Sessel plumpsen und sah sich um.
„Wo ist es?"
„He!" Anstatt zu antworten, rief Fred Oda hinterher, die schnurstracks zum Wohnzimmerfenster marschierte und die Blumentöpfe mit den

Orchideen auf den Teppichboden stellte. „Was machst du denn da?"
„Na, ich öffne das Fenster, damit der Qualm abziehen kann."
„Welcher Qualm?" Fred sah sie schockiert an. „Willst du rauchen?"
„Bist du irre? Nein!" Oda riss das Fenster auf und machte es sich auf der Armlehne von Nemos Sessel bequem.
Nemo wurde sofort nervös. Bei so viel Nähe rauschte ihm das Blut durch die Ohren. Wie durch Watte hörte er Oda sagen: „Ich dachte, wir öffnen das Päckchen. Sicher explodiert es dabei wieder und dann qualmt es ganz fürchterlich. Besser, wir stellen auch den Fernseher lauter, damit er den Knall übertönen kann." Sie zog Fred die Fernbedienung aus den Händen und tippte auf den Tasten herum. Scheppernd erklang der Jingle zu Hubsi Huberts sportlichem Wetterbericht.
„Fernseher leiser!", mahnte die Stimme von Freds Großmutter aus der Küche.

„Gegenvorschlag." Nemo wischte sich die schwitzigen Hände an der Hose ab, übernahm die Fernbedienung und drehte die Lautstärke wieder herunter. „Wie wäre es, wenn wir das Päckchen erst *nach* dem Wettkampf öffnen?"

„Oder gar nicht", stimmte ihm Fred sofort zu, der noch nie ein Fan von explodierenden Päckchen, nervigen Monstern und extremen Wetterverhältnissen gewesen war. „Äh, Moment mal. Von welchem Wettkampf sprichst du?"

„Tu nicht so, als wenn du das nicht wüsstest." Nemo funkelte seinen Freund vorwurfsvoll an. „Dein Vater war gerade im Supermarkt und hat mir alles erzählt."

„Sprichst du vom Actionlauf?", fragte Fred ertappt.

„Was für ein Actionlauf?", wollte Oda wissen.

„Ein cooler Parcourslauf mitten durch Boring", sagte Nemo. „Von Freds Vater organsiert. Aber unser Freund hier hat sich entschlossen, ihn uns zu verschweigen."

„Gar nichts habe ich verschwiegen!" Trotzig umarmte Fred ein Sofakissen. „Ich hab das Thema verdrängt, weil ich auf keinen Fall mitmachen will."

„Wieso nicht?" Oda wunderte sich. „Du bist doch sportlich." Kichernd erinnerte sie Fred an das Sportfest vor ein paar Tagen. Die plötzlich nachlassende Schwerkraft hatte ihn zu Höchstleistungen angetrieben. „Immerhin bist du neulich acht Meter dreißig gesprungen. Und beim 800-Meter-Lauf warst du auch der Schnellste."

Fred gab zu: „Ich sprinte vielleicht gerne, aber lieber geradeaus. Es ist doch dämlich, sich extra Hindernisse in den Weg zu legen." Er wedelte mit der flachen Hand vor seinem sommersprossigen Gesicht herum, um zu zeigen, für wie verrückt er die Aktion seines Vaters hielt. „Das ist doch balla-balla."

„Im Gegenteil!" Nemo fühlte sich persönlich angegriffen. „Es ist stinklangweilig, wenn es im Leben immer bloß geradeaus geht. Ich jedenfalls will am Actionlauf teilnehmen! Und der findet nur dann statt, wenn das Wetter gut ist. Also lasst uns das Päckchen einfach hinterher öffnen."

„Ach so." Jetzt verstand Fred! Er legte das Kissen zur Seite und setzte sich kerzengerade auf. „Dann bin ich dafür, dass wir es aufmachen."

Nemo schnaubte. „Ach, auf einmal! Du wolltest die Päckchen doch nie öffnen. Seit wann bist du denn so ein Held?"

„Und seit wann bist du so ein Schisser?"

Die beiden funkelten sich herausfordernd an.

„Das Wetter wird eh schlecht", erstickte Oda den Streit im Keim. Sie deutete zum Fernseher, auf dessen Bildschirm Hubsi Hubert auftauchte. Der Wettermann trug eine dicke Winterjacke und hatte einen Helm auf dem Kopf. „Hey-ho, liebe Boringer. Ich begrüße Sie, während der Sommer sich langsam verabschiedet. Diese Woche erwarten wir Regen und womöglich sogar Hagel."

Jemand warf ihm aus dem Off Eiswürfel auf den Helm, die klackernd daran abprasselten.

„Autschi!" Hubsi zog den Hals ein und gluckste kindisch. „Am besten, Sie entscheiden sich für eine Sportart, bei der Sie sowieso Helm tragen. Fahren Sie Mountainbike oder Skateboard! Spielen Sie Eishockey oder Rugby! Gut geeignet sind auch Reiten und Fechten." Hubsi zog eine Stange Lauch aus dem Gürtel und fuchtelte damit herum.

23! Nemo dachte an die Nummer auf der Kasse und war froh, zumindest zu diesem Gemüse auch den Namen zu kennen.

Oda zuckte mit den Schultern. „Wenn das Wetter eh schlecht wird, können wir das Päckchen genauso gut jetzt öffnen. Vielleicht enthält es wertvolle Hinweise auf den Spielzeugdieb. Bisher wissen wir nur, dass er auf jeden Fall in der Gegend wohnt und wahrscheinlich sehr nett ist."

„Nett!?" Nemo traute seinen Ohren kaum. „Er klaut Kindern das Lieblingsspielzeug und schickt es an den *Arsch der Welt.* Außerdem hat er Herrn Siebzehnrübel entführt."

„Ja, aber er hat den alten Spielwarenhändler wie

einen Freund behandelt", spielte Oda die Sache herunter. „Und sogar seinen Laden abgeschlossen, nur damit nichts geklaut wird, solange er weg ist."

„Überredet!" Fred beugte sich vor und zog eine Schachtel unter dem Sofa hervor.

Nemo und Oda staunten. Das Päckchen sah aus wie ein alter Schuhkarton, in dem man einen Haufen Krimskrams aufbewahrte.

Fred legte es auf den Couchtisch und strich andächtig darüber, als wenn es ein nigelnagelneuer Computer wäre. „Guckt mal, es steht *Bitte nicht öffnen – Winzig!* darauf", gluckste er. „Wie gefährlich kann ein winzig kleines Spielzeug schon sein?" Vorsichtig pulte er mit dem Finger ein paar Löcher in den Karton und kam dabei gefährlich nah an die schwarze Kruste heran, die den Deckelrand verklebte.

„Vorsicht!", warnte Nemo, der wusste, wie leicht sich diese entzündete. Doch noch bevor er das Wort ganz ausgesprochen hatte, war es bereits passiert. Als hätte Fred ein Streichholz angerieben, fing die Kruste an, zu fauchen und zu schmauchen. Trotz des geöffneten Fensters begann es, im Zimmer erbärmlich nach Schwefel zu stinken. Im nächsten Moment sprühte die Kruste Funken und setzte in nur wenigen Sekunden den ganzen Deckel in Brand. Das Paket explodierte vor ihren Augen wie eine Tischbombe voller Konfetti.

„Mach endlich den Kasten leiser!“, brüllte Freds Großmutter über den Flur. Aber Nemo, Oda und Fred starrten nur perplex auf den Couchtisch.

„Oh!“, hauchte Fred überrascht.

Zwar kamen aus der Kiste tatsächlich nur sehr winzige Wesen – dafür waren es sehr, sehr viele.

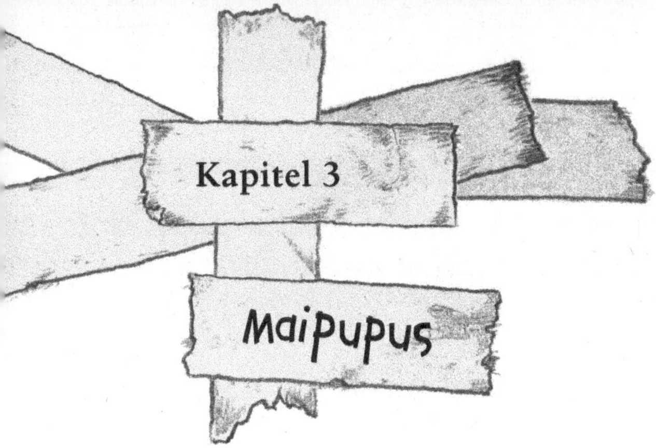

Nemo schrie entsetzt auf. Die Winzlinge wuselten aus der Kiste wie die Kaulquappen aus dem Glas, das Fred und er einmal vor Antonia in den Badesee gekippt hatten.
Die bunten Wesen rempelten und schubsten, stolperten und rappelten sich wieder auf. Dabei plapperten sie fröhlich durcheinander, lachten und scherzten. Sie sahen aus wie bunte Radiergummis und hatten alle möglichen Muster. Manche waren einfarbig, andere mehrfarbig. Es gab gestreifte, gepunktete, karierte und wild gemusterte Exemplare. Ausnahmslos alle hatten einen

schwarzen Fleck irgendwo, nur saß er bei jedem Wesen woanders. Bei dem einen am Bein, bei dem anderen am Bauch, mal am Kopf, Arm oder Po. Irgendwie kamen die Winzlinge Nemo bekannt vor, aber er konnte sich nicht erinnern, wo er sie schon einmal gesehen hatte.

In Windeseile verbreiteten sich die kleinen Spielzeuge über den Couchtisch und hüpften wie Flummis durchs Zimmer. Sie hopsten auf die Couch, gruben sich in die Polsterritzen und ritten auf den Sofakissen herum. Sie schnupperten an den Orchideen, knipsten die Blüten ab und steckten sie sich hinters Ohr (falls sie überhaupt Ohren hatten). Sie kletterten die Vorhänge hoch, kippten die Schüssel mit den Nüssen um und latschten über die Tasten der Fernbedienung, was dafür sorgte, dass jede Sekunde der Sender wechselte. Ein wilder Mix aus Jingles, Nachrichtenschnipseln und Stimmen ergoss sich ins Wohnzimmer.

„Los!“ Oda rammte Nemo den Ellenbogen in die

Seite und holte ihn aus seiner Schockstarre. „Wir müssen sie einsammeln!"

Na prima! Nemo rutschte vom Sessel und kroch auf allen vieren durchs Wohnzimmer. Das hatten sie jetzt davon! Anstatt für den Actionlauf zu trainieren, krabbelten sie also wie Babys über den Teppich und versuchten, die gummiartigen Biester einzufangen. Leichter gesagt als getan! Kaum hatte Nemo eines erwischt, machte es sich dünn und schlüpfte ihm geschickt durch die Finger.

Seufzend blickte er sich um und sah, wie ein paar Winzlinge das Strickzeug von Freds Großmutter aus einem Korb rupften. Sie zogen die Nadeln aus dem halb fertigen Pullover und dröselten ihn auf. Ein paar verhedderten sich in der Wolle, andere fochten mit den Nadeln und benutzten sie zum Stabhochsprung. Sie schwangen sich auf die Kommode, öffneten mit vereinten Kräften eine Schublade und wühlten darin herum. Sie fanden Filzstifte, zeichneten Muster auf die Tapete und malten sich gegenseitig lustige Schnurrbärte an.

Andere kletterten weiter ins Bücherregal, betatschten die Porzellanfiguren und hinterließen fettige Fingerabdrücke auf den Familienfotos. Nemo fiel auf, dass sie nur drei Finger hatten. Wo hatte er das nur schon einmal gesehen?
Während Fred durchs Zimmer hechtete und verzweifelt versuchte, die Winzlinge zurück in den Karton zu stopfen, hob Oda einen Stuhl auf den Couchtisch und stapelte mehrere Kissen darauf. Wagemutig bestieg sie den wackligen Möbelturm und fischte zwei Winzlinge vom Lampenschirm, den diese als Schaukel benutzten.
Nemo kletterte auf die Fensterbank und pflückte ein paar von der Vorhangstange, wo sie halbherzig Klimmzüge übten. Er schob sie in seine Hosentasche und kicherte, als sie durch ein Loch wieder entwischten. Dabei war ihm alles andere als zum Kichern zumute, denn plötzlich rief einer der Zwerge: „Leuts, guckts amol!“, und deutete zum offenen Fenster hin.
„Nein!“ Hastig versuchte Nemo, das Fenster zu

schließen, doch blöderweise stand er sich selbst im Weg. Hilflos musste er mitansehen, wie die Winzlinge ins Freie hüpften und sich wie Lemminge in das Regenrohr stürzten.
„A Rutschn!“ Blechernes Juchzen und Kichern erklang. Nemo sah, wie das Regenrohr die bunten Wesen zwei Stockwerke tiefer wieder ausspuckte. Wie Murmeln kugelten sie über den Rasen und strömten in alle Richtungen davon.
Nemo stöhnte laut auf. Wie sollten sie die Biester nun jemals wieder zurückbringen? Zurück zu einem Kind, von dem sie noch nicht einmal wussten, wie es hieß. Das war völlig unmöglich! Schon gar nicht bis Samstag. Nemo hob eine Hand und zählte die Finger ab. Bis zum Actionlauf blieben ihnen nur noch drei Tage! Entmutigt ließ er sich auf die Fensterbank sinken.
Fred setzte sich neben ihn und schielte hoffnungsvoll in den Himmel. Sein Gesichtsausdruck verriet deutlich, dass er sich bereits auf den nahenden Wetterumschwung freute.

„Was grinst du so dämlich?“, knurrte Nemo verärgert. „Du kannst es wohl kaum erwarten.“
„Was erwarten?“
Erschrocken sahen sie auf.
Freds Großmutter stand mitten im Zimmer. Entsetzt starrte sie Oda an, die auf ihrem wackligen Turm thronte. „Was ist denn hier los?“
„Äh ... wir spielen *Der Boden ist Lava*“, dachte sich Oda blitzschnell eine Ausrede aus. „Sie stehen mitten im glühend heißen Vulkan!“
„Aha.“ Freds Großmutter sah auf ihre rosafarbenen Puschen. „Und geht das auch ein bisschen leiser?“ Sie griff nach der Fernbedienung und schaltete den Fernseher aus.
„Alles klar, Omi“, versprach Fred, während Nemo sich nervös umsah. Oda hatte zwar immer gute Ausreden parat, aber wie würde sie einen Winzling erklären, falls doch noch irgendwo einer auftauchte? Kaum hatte Nemo seinen Gedanken zu Ende gedacht, schon entdeckte er eines der Wesen an der Zimmerdecke.

Ein bläulicher Kerl mit orangefarbenen Flecken, einer dicken Wollmütze und einem schiefen Zahn, der vorwitzig über die Unterlippe lugte, seilte sich von der Lampe ab. Mit langen Armen baumelte er genau über dem Scheitel von Freds Großmutter. Er streckte seine Zehenspitzen aus und landete auf ihrem Kopf.

„Was starrst du mich so an, Nepomuk Pinkowski?" Freds Großmutter schmunzelte belustigt. „Hab ich vielleicht ein Huhn auf dem Kopf?"

Das nicht, dachte Nemo. Aber ...

Ohne auf eine Antwort zu warten, schlappte Freds Großmutter zur Tür. „Und dass ihr mir hinterher alles wieder aufräumt!"

Geschockt sah Nemo ihr hinterher. Der blaue Kerl saß im Schneidersitz auf ihrem Kopf und schaukelte majestätisch aus dem Raum. Der Winzling drohte abzuhauen!

Kurz entschlossen rutschte Nemo von der Fensterbank. Er hopste rüber zum Couchtisch und griff in die Schüssel mit den Nüssen. Er nahm eine Walnuss zwischen die Finger, zielte und warf. „Aaacks!“ Getroffen fasste sich der Winzling an den Hinterkopf. Er schwankte, schien sich kurz zu fangen, plumpste dann aber doch auf den Teppich und streckte alle viere von sich. Sein strumpfsockiger Zeh zuckte.

Freds Großmutter verließ das Wohnzimmer, ohne von ihrem Kurs abzuweichen. Zielstrebig steuerte sie die Küche an, wo der Rest der Sahnetorte auf sie wartete. „Könnt ihr nicht einfach auf dem Handy daddeln wie ganz normale Kinder?“, grummelte sie und schloss die Tür hinter sich.

„Gut gemacht!“ Oda kam von ihrem Möbelturm herunter. Sie stellte sich neben Nemo, der den Winzling vorsichtig vom Teppichboden zupfte.

„Iiiih, der ist ja ganz klebrig!“, sagte er.

„Wat wasn det?“ Der Winzling setzte sich auf und rieb sich benommen den Kopf unter der Mütze.

„Wir haben einen, wir haben einen!“ Fred vollführte einen Freudentanz.

„Ich glaube aber nicht, dass *einer* reicht“, bemerkte Oda, während sie staunend den Winzling auf Nemos Handteller betrachtete.
Nemo fragte: „Wie viele seid ihr denn?“
Der Winzling hob seine drei Finger.
„Fümpf.“
„Kann nicht sein! Da sind doch eben viel mehr aus der Kiste gekrabbelt.“
„Fümpf Familis“, erklärte der Winzling etwas genauer.
„Und wie viele leben in einer Familie?“, wollte Fred wissen.
„Öps.“ Der Winzling legte die Stirn in Falten und starrte angestrengt auf seine wenigen Finger.
„Dei?“ Er klang etwas unsicher.
Oda seufzte.
„So kommen wir nicht weiter. Wenn wir alle Figuren finden wollen, müssen wir wissen, wie viele es insgesamt gibt.“
„Das lässt sich leicht herausfinden“, meinte Nemo. „Wenn er uns verrät, wie er heißt.“

Hicks! Der Winzling machte ein glucksendes Geräusch.

„Süß!“, rief Oda gerührt. „Es hat Schluckauf.“

„Nix.“ Der Winzling schüttelte den Kopf. „Meine Wichtigkeit namst Hix, aus der Famili Knix, ein Maipu vom Volk der …“

„Maipupus!“, platzte Nemo heraus. „Ich *wusste* doch, dass ich sie kenne.“

„Sie?“ Fred sah den Blauling verwundert an. „Ist das ein Mädchen?“

„Nein.“ Nemo schüttelte den Kopf. „Beziehungsweise ich weiß es nicht. Ich meinte *sie alle.* Die Maipupus sind Sammelfiguren. Sie waren in Bonbons versteckt und mussten erst ‚freigelutscht‘ werden. Wir hatten sie mal im Supermarkt. Die Idee ging allerdings nach hinten los, weil viele Eltern Angst hatten, ihre Kinder könnten die Figuren verschlucken. Zu Recht.“ Nemo gluckste. „Mir ist das selbst mal passiert. Die Figur hat eine wundersame Reise durch meinen Körper gemacht. Aber am nächsten Tag war sie wieder da.“

Zu spät bemerkte er, dass dies nicht unbedingt die Geschichte war, mit der man bei einem Mädchen punkten konnte. Fred lachte zwar, aber Oda sah ihn nur angewidert an.
Eilig lenkte Nemo ab: „Meine Eltern haben die Bonbons aus dem Sortiment genommen. Aber vielleicht liegen noch ein paar Tüten bei uns zu Hause." Er stopfte Hicks in Freds Brusttasche und versuchte, etwas Coolness zurückzuerlangen, indem er einen Mundwinkel nach oben zog und lässig sagte: „Folgt mir!"

Kapitel 4

Freigelutscht

Energisch zog Nemo das Garagentor hoch. Das trübe Herbstlicht schaffte es nicht, den halbdunklen Raum zu erhellen, also knipste er zusätzlich das Deckenlicht an. Zwei Neonröhren flackerten auf und warfen ihr weißes Licht an die Wände. Ein grünlicher Schmutzrand verriet, wie hoch das Wasser beim großen Schleimregen gestanden hatte.

„Wupi!“ Beeindruckt pfiff Hicks auf seinem einzigen Zahn und rief in seiner komischen Sprache: „Wazn cools Zimmer!“

„Das ist nicht mein Zimmer, das ist die Garage.“

Nemo klatschte tatkräftig in die Hände. „Na los! Wir haben keine Zeit zu verlieren. Fangt an zu suchen! Vielleicht steht auf den Packungen, wie viele Maipupus es insgesamt gibt. Dann wissen wir wenigstens, wann wir aufhören können zu suchen."

„Und wie willst du in dem Chaos eine kleine Bonbontüte finden?" Zweifelnd ließ Fred seinen Blick über die vollgestopften Regale schweifen. Überall lagen aussortierte Spielsachen, Gartenzeug und unverkäufliche Waren aus dem Supermarkt der Pinkowskis herum. In einer Ecke stand ein Hamsterkäfig, daneben Nemos alte Kinderbadewanne, in der sie Schleimi aufbewahrt hatten. Sogar das Stück Gartenschlauch, die Gießkanne und der Expander waren noch drin – alles Utensilien, mit denen sie dem Schleimmonster eine Dusche gebastelt hatten. Fred nahm Hicks aus der Brusttasche und setzte ihn auf einer Palette Dosenravioli ab. Dann zückte er sein Handy und recherchierte die Maipupus im

Internet. So machte er sich wenigstens die Finger nicht schmutzig. Aber leider fand er nichts Besonderes heraus.

„Fred hat recht." Oda hob mit spitzen Fingern ein paar ölverschmierte Lappen von der Werkbank, die vor lauter Gerümpel kaum noch zu sehen war. „Das wird nicht leicht!"

Aber Nemo war schon bei der Arbeit. Er schob eine Werbetafel zur Seite, auf der ein freundlicher Mann Salami aus Ungarn anpries, und durchwühlte die Kartons dahinter. Hicks kletterte wie ein Wiesel die Regalböden hoch und warf alles auf den Boden, was er dort fand: Nemos alte Kinderrassel, ein paar verschimmelte Aktenordner und eine Packung Kartoffelbrei-Pulver, deren Verfallsdatum längst abgelaufen war.

Fred bezweifelte, dass der Blauling überhaupt wusste, nach was sie suchten, als plötzlich sein Handy vibrierte. Er warf einen Blick auf das Display. Eine Nachricht von seinem Vater poppte auf:

Na? Trainierst du schon?

Freu mich auf Samstag.

Paps.

Fred schluckte. Seine Lage war aussichtslos! Wenn sich das Wetter nicht endlich änderte, musste er beim Actionlauf mitmachen, sonst war sein Vater sicher maßlos enttäuscht. Neugierig schlenderte er nach draußen. Am besten, es gab einen Schneesturm wie beim Yeti oder die Stadt versank in pechschwarzer Finsternis wie bei Vampiranja, der Vampirpuppe. Auch ein kräftiger Schleimregen oder Gluthitze wie bei Draga wären ihm sehr recht gewesen. Irgendein Zustand jedenfalls, der die Durchführung des Laufes unmöglich machte. Aber leider war der Himmel über der Pfeffergasse einfach nur grau. Es regnete nicht, es schien keine Sonne, nicht mal ein Lüftchen wehte, geschweige denn ein Herbstwind. Fred seufzte. Das war eigentlich gar kein Wetter!

„Meint ihr, die Maipupus gehören alle nur einem

Kind?", fragte Oda, während sie einen Koffer mit Faschingsklamotten durchstöberte.
„Hoffentlich!" Nemo tauchte aus einer Kiste auf und sah sie schockiert an. „Wenn jede Figur einem anderen gehört, müssten wir ja total viele Kinder suchen."
„Oder wir finden endlich heraus, wer der Spielzeugdieb ist." Energisch schloss Oda den Koffer. „Dann kann er uns verraten, wen er beklaut hat."
„Ja klar!" Nemo lachte höhnisch. „Am besten bei einem Kaffeekränzchen."
Ohne große Hoffnung wandte sich Oda an Hicks, der direkt vor ihr im Regal saß. „Du weißt nicht zufällig, wer euch in die Kiste gesteckt hat, oder?"
„Pöh ..." Hicks kratzte sich unter der Wollmütze. „Hix weiß nix."
Er kletterte in einen Korb mit Blumenzwiebeln und wühlte darin herum. Nur sein blaues Hinterteil ragte noch in die Luft.
Nemo entdeckte neben dem schwarzen Fleck auf Hicks' Brust einen weiteren auf seinem Po, der ihn

an die Umrisse von Australien erinnerte.
„Wahrscheinlich wird das Spielzeug erst lebendig, wenn die Kiste zu ist“, vermutete er. „Jedenfalls hat es ganz sicher etwas mit diesen komischen schwarzen Flecken zu tun. Vielleicht handelt es sich dabei um das Zaubermittel, das die Spielsachen lebendig werden lässt.“
„Leuts, guckts amol!“ Plötzlich drehte sich Hicks zu ihnen um und hielt eine lilafarbene Tüte in die Höhe.
„Yes!“ Nemo nahm sie ihm ab. „Ich wusste doch, dass wir noch welche haben.“ Interessiert musterte er die Verpackung.
„Und?“ Neugierig kam Fred zurück in die Garage. „Steht irgendwas über die Sammelfiguren drauf?“
„Moment.“ Nemo studierte die Rückseite des Beutels, auf der ein kleiner Comic und eine Tabelle abgebildet waren. Sie listete fein säuberlich alle Inhaltsstoffe auf. Neben ein bisschen Zitronensäure und Farbstoffen enthielten die Bonbons vor allem Zucker, Zucker und nochmals Zucker.

„Leider nein." Enttäuscht ließ Nemo die Tüte sinken. Nirgendwo fand sich ein Hinweis darauf, wie viele Maipupus es insgesamt gab.
„Gib mal her!" Oda nahm ihm die Packung ab und riss eine Ecke auf. Mit spitzen Fingern fischte sie ein gestreiftes Bonbon heraus. „Iihh! Die sind ja ganz matschig."
„Wahrscheinlich, weil sie so lange hier rumlagen", vermutete Nemo. „Aber Vorsicht! Innen sind sie megahart. Und wenn du sie endlich weich gekaut hast, bleibt dir die zähe Masse zwischen den Zähnen hängen."
„Gogo!" Hicks feuerte Oda an. „Mach 'ne Probe!"
Oda überlegte kurz.
Dann steckte sie sich das Bonbon in den Mund und lutschte darauf herum. „Wirklisch scheuschlich!", bestätigte sie schmatzend.
„Dreimal gekaut und schon hat es jeglichen Geschmack verloren. Kein Wunder, dass ihr es nicht geschafft habt, sie alle zu verkaufen."
Fred fragte: „Und da steckt jetzt eine Figur drin?"

Nemo nickte.
„Irgendwie eklig!“ Fred rümpfte die Nase. „Die sind ja dann ganz klebrig.“
„Und wie!“, bestätigte Nemo. „Meine Mutter war total genervt, weil die Maipupus überall im Haus pappten. Deshalb hat sie die letzten Tüten doch wieder mit in den Supermarkt genommen. Aber verkauft haben wir kaum noch welche.“
„Isch glaub, ich hab eine.“ Oda griff sich zwischen die Zähne und holte eine freigelutschte Figur hervor.
Die kleine Gestalt war rosarot. Sie hatte eine blonde Föhnfrisur und trug eine sonnengelbe Brille. Mit ihren drei Fingern hielt sie ein winziges Fläschchen umklammert.
„Mippi!“, rief Hicks begeistert. Er beugte sich gefährlich weit aus dem Korb und umarmte die Figur. „Mein Liebst! Hast Hix auch vermisst?“ Er zog sie Oda aus der Hand und sah das Spielzeug erwartungsvoll an.
Doch Mippi blieb stumm.

„Die ist nicht lebendig", erklärte Oda. „Sie hat ja keinen schwarzen Fleck. Sie ist nie geklaut und verschickt worden. Sie ist einfach nur ein klebriges Spielzeug."

„Booch." Enttäuscht schob Hicks die leblose Mippi von sich, doch sie blieb hartnäckig an ihm kleben.

„Hihi, wie drollig!" Fred kicherte. „Irgendwie erinnern mich die beiden an euch."

„Wie bitte?" Ungläubig deutete Nemo auf Hicks. „Du vergleichst mich mit diesem Doofkopp?"

„Doofkopp?" Mit einem Ruck zerrte sich Hicks Mippi vom Leib. Empört trat er Nemo gegen das Nasenbein.

„Autsch! Was fällt dir ein?" Nemo stierte ihn grimmig an, als ein zartes Stimmchen ihren Streit unterbrach: „Soll ich euch ein Geheimnis verraten?"

Kurz dachte Nemo, Mippi sei doch noch lebendig geworden, als ihm klar wurde, dass die Stimme von draußen kam. Er drehte sich um und sah zum

Garagentor. Dort stand Marie mit ihrem Kuscheldrachen unter dem Arm.
Mist! Die kleine Nervensäge tauchte doch immer in den ungünstigsten Momenten auf!
Hastig stopfte Nemo Hicks zurück in Freds Brusttasche und lief zum Garagentor, um das Nachbarsmädchen abzuwimmeln.
Das war nicht weiter schwer. Denn genau in dem Moment schlug das Wetter um.

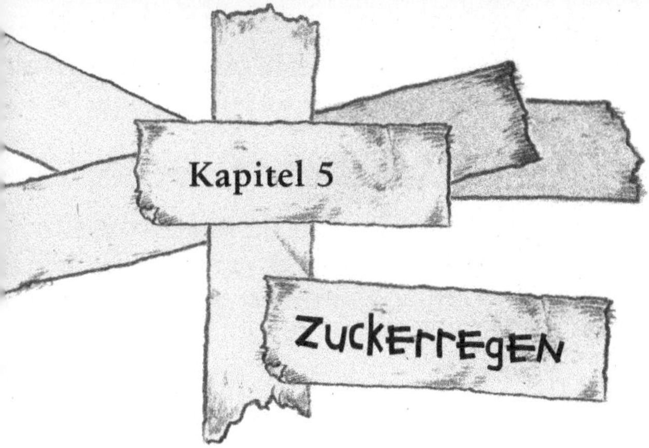

Kapitel 5

Zuckerregen

„Wupi!“ Oda äffte Hicks’ Überraschungsschrei nach.
„Wazn dees?“ Staunend lugte der Winzling aus Freds Brusttasche.
„Ich glaub’s ja nicht!“ Erschüttert stand Nemo neben seinen Freunden unter dem schützenden Garagendach und starrte nach draußen.
Das war kein normaler Regen. Das war Zuckerregen.
Es regnete kleine bunte Streusel.
Lautstark trommelten sie auf Mülltonnen, blecherne Autodächer und den Asphalt. Sie

prasselten gegen die Fensterscheiben und das große Plakat, das bei den Pinkowskis im Vorgarten stand.
Auf der Straße wimmelte es binnen kürzester Zeit von Kindern. Sie ließen ihre Zungen heraushängen und fingen die Zuckerstreusel wie Schneeflocken auf. Ein paar besonders Schlaue hielten ihre Pausenbrotdosen in die Höhe, andere sausten zurück in die Häuser, um Töpfe und Schüsseln zu holen. Marie lief in den Garten und kam mit einem Eimerchen aus ihrem Sandkasten zurück.
„Oje!" Fred gab sich große Mühe, besorgt auszusehen, aber er konnte einfach nicht verbergen, dass er sich freute. Es war so klar wie Kloßbrühe! Bei diesem Wetter fiel der Parcourslauf ganz sicher ins Wasser. Oder besser: *in die Zuckerstreusel.*
Mühselig verkniff er sich ein Grinsen.
Nemo knurrte: „Tu nicht so scheinheilig! Du hast doch jetzt, was du wolltest." Mürrisch blickte er in den Himmel, wo eine dicke bunte Wolke über den Häusern hing.

„Nemo, euer Auto!“ Oda deutete auf den Wagen, der in der Auffahrt stand.
Auch das noch! Seine Eltern hatten vergessen, das Schiebedach zuzumachen. Nemo zog sich die Kapuze seines Hoodies über den Kopf und wagte sich in den Regen hinaus. Er schlitterte über die Zuckerstreusel zum Auto, riss die Beifahrertür auf und schmiss sich auf den Sitz. Mit einem Ruck zog er das Dach zu, doch zwischen den Sitzen hatte sich bereits ein kleiner Streuselhügel gebildet.
Nemo überlegte gerade, wie er die Streusel wieder entfernen konnte, als er ein seltsames Geräusch hörte.
„Brrrr, brrrr.“
Was war das?
Nemo sah sich um und hielt den Atem an.
Auf dem Lenkrad saß ein knallgelb gestreiftes Maipupu. Es hatte einen pinkfarbenen Lockenkopf und trug ebenso pinken Lippenstift. In seinen Händen hielt es ein winziges Lenkrad umklammert. Mit der Zunge zwischen den Lippen

ahmte es ein sprotzendes Autogeräusch nach: „Brrrr."
Langsam, ganz langsam, hob Nemo die Hand. Blitzartig schnappte er zu wie eine Kobra, die eine Maus erbeutete. Das Maipupu quiekte entsetzt auf und zappelte in seiner Faust.
„Yes!" Nemo schlüpfte aus dem Wagen und lief mit langen Schritten auf die Garage zu.
„Ich hab eins!", rief er triumphierend, als er plötzlich ins Rutschen geriet. Mit hocherhobenen Händen drehte er eine elegante Pirouette und knallte der Länge nach hin. Aus dem Augenwinkel beobachtete er, wie das Maipupu aus seiner geöffneten Hand krabbelte und brummend im Nachbarsgarten verschwand.
Hektisch winkte Hicks ihm hinterher.
„He, des was Tikki! Komm srück!"
Aber das Maipupu dachte gar nicht daran.
„Mist!" Nemo rappelte sich wieder auf und humpelte fluchend zu seinen Freunden zurück. Helden sahen definitiv anders aus!

„Hast du dir wehgetan?“, fragte Oda besorgt. Nemo schüttelte den Kopf. Obwohl sein rechtes Knie höllisch schmerzte, biss er die Zähne zusammen. Er wollte auf keinen Fall weinerlich wirken. „Nein, nein, schon gut“, presste er hervor. Fred strich ihm ein paar Zuckerstreusel von der Wange und steckte sie sich in den Mund. „Mhm, lecker.“

„Worum rennt'n des Tikki weg?“, jammerte Hicks enttäuscht

„Keine Sorge.“ Fred streichelte ihm tröstend über die Wollmütze. „Wir fangen deine Freunde alle wieder ein.“

„Wie denn?“, fragte Nemo hoffnungslos.

„Wir könnten sie anlocken“, schlug Oda vor. „Meine Mutter fängt die Schnecken im Garten mit Bier.“

„Bist du plemplem?“ Fred sah sie entsetzt an. „Wir können den Winzlingen doch keinen Alkohol geben.“

„Vielleicht mögen sie etwas anderes.“ Oda wandte

sich an Hicks. „Gibt es irgendwas, was ihr gerne esst?"
„Jeps!" Hicks nickte eifrig. „Honkig und Koscholade. Pepprika, Hackballs, Fritz Pomms und Appels. Weffels, Sahni, Cornpops und Kattong."
„Also alles", stellte Nemo ernüchtert fest. Er seufzte. „So kommen wir nicht weiter."
„Dann müssen wir es eben umgekehrt machen", sagte Oda.
„Umgekehrt?" Nemo sah sie verdutzt an. „Du willst sie mit etwas anlocken, das sie *nicht* gerne essen?"
„Nein." Oda schüttelte belustigt den Kopf. „Ich meine: Lasst uns diesmal zuerst das Kind finden, dem sie gehören, und dann die Maipupus. Das Kind wird ja wohl wissen, wie viele Figuren es gehabt hat. So können wir uns gezielt auf die Suche machen."
„Ach so." Nemo schämte sich für seine doofe Frage.
„Einspruch, Euer Ehren!" Fred machte ein

Schlaumeier-Gesicht. „Wie bitte schön wollen wir das Kind finden?"

„Ganz einfach!" Oda zog zwei ramponierte Schirme aus einer Tonne in der Garage und reichte ihm einen. Den anderen spannte sie über sich und Nemo auf. „Finden wir heraus, wer besonders viele Bonbontüten gekauft hat!"

„Gute Idee!", gab Fred zu.

„Genial!" Nemo schöpfte Hoffnung. Dazu mussten sie nur eine einzige Person befragen. Und er wusste auch, wen.

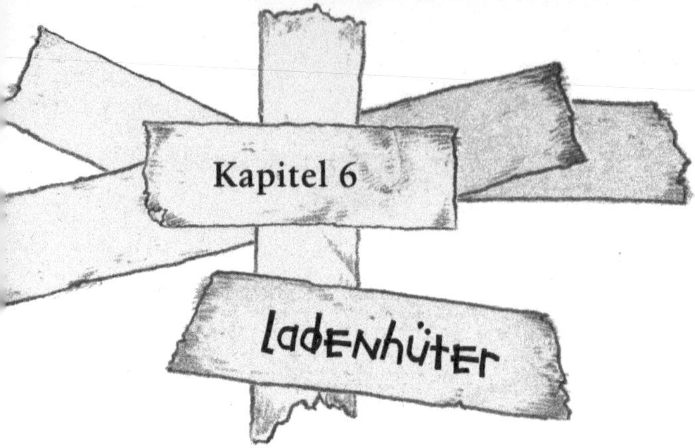

„Genau!“, rief Oda, während sie sich auf den Weg zum Supermarkt machten und Hicks ein kleines Nickerchen in Freds Brusttasche hielt. „Wer viele Maipupus gesammelt hat, hat vorher viele Bonbons gelutscht! Wer viele Bonbons gelutscht hat, hat vorher viele gekauft. Und wer weiß besser über die Einkäufe in Boring Bescheid als deine Eltern?“

Nemo nickte stolz.

Als sie am Marktplatz ankamen, war sein Vater gerade damit beschäftigt, die Zuckerstreusel zusammenzukehren.

„Habt ihr das gesehen?“, begrüßte er die Kinder aufgeregt. „Eben sind Tausende von Zuckerstreuseln vom Himmel gefallen. Wahrscheinlich hat ein Frachtflugzeug seine Ladung verloren.“
„Wahrscheinlich.“ Nemo klappte den Regenschirm zu. „Oder eine Süßwaren-Fabrik ist explodiert und der Wind treibt die Dinger zu uns her.“
„Glaubst du?“ Nachdenklich sah sein Vater in den Himmel. Der Regen machte zwar im Moment eine Pause, doch am Horizont tauchte bereits die nächste Zuckerwolke auf. Wie ein riesiger Vogelschwarm wehte sie über den Himmel. Mal stieg sie nach oben, mal nach unten, dehnte sich aus und verdichtete sich wieder zu einer bunten Wolke. Fasziniert betrachtete Herr Pinkowski das Spektakel, während die Freunde den Laden betraten.
Nemo wusste: Fragen zu Kunden stellte man besser seiner Mutter. Mit etwas Glück fanden sie das Kind noch heute. Dann blieben ihnen ganze

zweieinhalb Tage Zeit, um die Maipupus aufzuspüren. Jede Sekunde zählte.

„Und?“, fragte Frau Pinkowski, als die Kinder vor ihr am Süßigkeiten-Regal auftauchten. Sie unterbrach das Aufräumen und zog ein Käsebrötchen aus ihrer Kitteltasche. Da der Supermarkt durchgehend geöffnet hatte, musste sie jede Gelegenheit nutzen, um Mittagspause zu machen.

„Was, und?“, fragte Nemo zurück.

„War er noch an?“ Genüsslich biss seine Mutter in das Brötchen. Unter ihren Zähnen knackte ein Gürkchen.

„Wer war an?“

„Na, der Herd!“

„Ach so.“ Nemo fiel Odas Ausrede wieder ein. „Ja nee. Zum Glück nicht.“

Oda hob ein lilafarbenes Tütchen vom Boden. „Haben Sie noch mehr davon?“, fragte sie.

„Hoffentlich nicht!“ Verwundert sah Frau Pinkowski auf das Tütchen in Odas Hand. „Die haben wir eigentlich aussortiert. Das muss sich ganz hinten im Regel versteckt haben. Wenn du willst, schenk ich es dir. Ich wär froh, die ekligen Dinger endlich los zu sein. Das sind die totalen Ladenhüter! Die meisten Leute haben nur eine Tüte gekauft und dann nie wieder."

„Sind Sie sich da ganz sicher?" Fred stellte sich auf die Zehenspitzen und sah Frau Pinkowski tief in die Augen. Nemo fand, dass er ein bisschen unheimlich wirkte.

„Niemand hat mehr gekauft?", knurrte sein Freund.

„Hm ..." Frau Pinkowski überlegte kauend. „Doch. Jetzt, wo du es sagst ... einer." Sie schien sich selbst über ihre Antwort zu wundern.

„Wer?", platzten Nemo, Oda und Fred gleichzeitig heraus.

„So ein kleiner, netter Junge", sagte Frau Pinkowski kauend.

„Sag uns seinen Namen!", schrie Nemo einen Tick zu laut. Oda warf ihm einen mahnenden Blick zu.

Etwas ruhiger erkundigte sich Nemo: „Weißt du vielleicht, wie er heißt oder wo er wohnt?"

„Natürlich nicht." Frau Pinkowski steckte das angebissene Brötchen wieder in ihre Tasche. „Ihr seid lustig! Wir sind ein Supermarkt und keine Arztpraxis. Ich frage doch nicht alle nach ihren Daten. Warum wollt ihr das überhaupt wissen?"

Nemo antwortete nicht. „Hier kommen wir nicht weiter." Enttäuscht wandte er sich zum Gehen.

„Momentchen, mein Freund!" Seine Mutter hielt ihn an der Kapuze fest. „Wir sind noch nicht fertig." Sie deutete zum Gang mit den Drogerie-Artikeln, in dem noch immer das blanke Chaos herrschte, und reichte ihm seinen Kittel zurück.

Nemo maulte: „Oh Mann, Mama. Ich hab wirklich Wichtigeres zu tun!"

„Und das wäre?"

„Äh ..." Nemo überlegte.

„Bio lernen zum Beispiel", sprang Fred ihm bei. „Frau Fasching hat für morgen einen mündlichen Test angekündigt."

Nemo sah ihn mit offenem Mund an. Fred war zwar sein allerbester Freund, aber manchmal hätte er ihn einfach nur auf den Mond schießen können!

Kapitel 7

WIE GEWONNEN, SO ZERRONNEN

Immer noch wütend schleppte Nemo seinen alten Hamsterkäfig aus der Garage und pfefferte ihn in sein Zimmer. Natürlich hatte ihm seine Mutter nach Freds Kommentar nicht mehr erlaubt, noch rauszugehen. Er musste den Abend zu Hause verbringen und Bio lernen.

Wenigstens hatte er beim Regale-Einräumen im Supermarkt ein paar lebendig gewordene Maipupus gefunden. Und diesmal hatten sich die kleinen Biester auch einfangen lassen.

Ein tomatenrotes hatte im Regal zwischen den Ketchup-Flaschen gesessen, ein lilafarbenes mit spitzen Zähnen war auf dem Sonnenbrillenständer Karussell gefahren und ein zitronengelbes mit einem Zopf an der Mütze hatte an einer Flasche Scheuermilch herumgewienert. Nemo hatte die zappelnden Biester an einem Arm oder Bein gepackt, sie in die Tasche seines Kapuzenpullis geschoben und mit nach Hause geschmuggelt. Während seine Eltern das Abendessen vorbereiteten, setzte er sie in den Hamsterkäfig und verriegelte das Türchen. Er seufzte zufrieden. Vielleicht schafften sie es ja doch noch, alle zu finden, bevor der Actionlauf stattfand. Allerdings durfte kein einziges fehlen, sonst funktionierte die Rückverwandlung nicht. Da war sich Nemo ganz sicher: Erst wenn das Kind seine komplette Sammlung wiederhatte, würde sich das Wetter normalisieren.

„Dieser Zuckerniesel ist doch verrückt“, sagte sein Vater beim Abendbrot. Besorgt sah er aus der Terrassentür und kraulte sich die Koteletten. Bunte Streusel prasselten gegen die Scheibe.

Nemos Mutter löffelte ungerührt ihre Suppe weiter. „Also mich wundert hier in Boring überhaupt nichts mehr. Schon gar nicht das Wetter! Erinnert euch bitte mal an den ekligen Schleimregen, den dichten Schneefall oder die nachlassende Schwerkraft." Bei der Erinnerung huschte ein Lächeln über ihr Gesicht. Die seltsame Schwerelosigkeit hatte ihrem dünnen Haar ein tolles Volumen verliehen und war auch für ihre müden Knochen ganz angenehm gewesen. Ächzend erhob sie sich vom Tisch, um ihren Teller abzuräumen. Als sie nach dem Suppentopf griff, blieb Nemo das Herz stehen.

Am Henkel baumelte ein Maipupu in einem Ringel-T-Shirt!

„Ich mach schon!" Hastig nahm er seiner Mutter den Topf ab und trug ihn zum Herd. Unauffällig zupfte er das Maipupu vom Henkel und fischte ein weiteres aus der Suppe, wo es neben einem Würstchen herkraulte. „Ich geh dann mal Bio lernen." Rückwärts schob er sich zur Tür.

„Das ist aber sehr löblich, mein Schatz!“ Seine Mutter machte es sich auf dem Sofa bequem, knipste den Fernseher an und schaltete auf TV Kabeljau.

Die Titelmelodie von *Grenzenloser Liebe* erklang. Nemos Vater füllte eine Schüssel mit Süßigkeiten, die er aus dem Supermarkt mitgenommen hatte, und bot seiner Frau ein paar an. „Willst du? Wenn es nun schon Zuckerstreusel vom Himmel regnet, können wir die sicher nicht mehr verkaufen.“

Nemo ärgerte sich. So oft musste er Reste aus dem Supermarkt vertilgen! Meist irgendein labbriges Gemüse oder abgelaufene Joghurts. Nun gab es endlich mal etwas Leckeres und er hatte keine Zeit.

Eilig rannte er in sein Zimmer und setzte die Maipupus in den Hamsterkäfig. Dann, anstatt Bio zu lernen, durchstöberte er das restliche Haus.

Tatsächlich fand er einen weiteren Winzling im Bad, der wie ein Gewichtheber Wattestäbchen

stemmte, außerdem einen lilablassblauen mit Sportschuhen, der auf der Jogginghose seines Vaters saß. Kaum setzte Nemo ihn zu den anderen in den Käfig, hüpfte er in das Hamsterrad und joggte los.
„Ins, zwi, dei. Ins, zwi, dei!“
„Weißt du vielleicht, wie viele es von euch insgesamt gibt?“, fragte er ein kariertes Maipupu, das er auf dem Kreuzworträtselheft neben der

Toilette gefunden hatte. Mit seiner schwarzen Brille und dem Bleistiftstummel hinter dem Ohr sah es etwas schlauer aus als die anderen. Aber leider gab ihm auch dieses keine richtige Antwort: „Vieli, unglablich vieli!“
Seufzend ging Nemo ins Bad, um sich die Zähne zu putzen, als plötzlich ein Kichern erklang. Eilig lief er zurück in sein Zimmer und schrie entsetzt auf.

Das Gewichtheber-Maipupu hatte zwei Gitterstäbe auseinandergedrückt. Giggelnd quetschten sich die Winzlinge aus dem Hamsterkäfig und verschwanden in allen Ritzen und Ecken.
„Was ist denn?“, rief Nemos Mutter aus dem Wohnzimmer.
„Ach nichts!“, rief Nemo zurück. „Der blöde Biostoff will einfach nicht in meinen Kopf.“
Todmüde und erschöpft ließ er sich auf das Bett fallen. So würde er niemals zum strahlenden Helden werden!

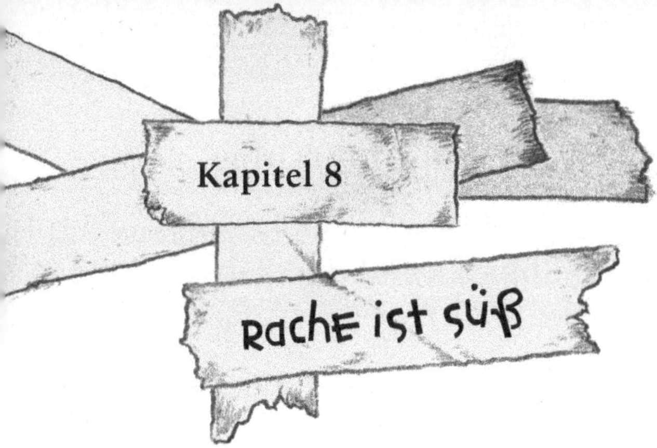

Am nächsten Morgen wurde Nemo von einem irren Lärm geweckt. Um ihn herum klackerte es wie in der Waschmaschine, wenn er vergessen hatte, die gesammelten Steinchen aus der Hosentasche zu nehmen.

Nemo sprang aus dem Bett und rannte ins Wohnzimmer, wo seine Eltern an der Terrassentür standen und in den Garten starrten. Nemo stellte sich neben sie. Täuschte er sich oder waren die Streusel mittlerweile größer geworden?

Tausende kugeliger Bonbons hüpften auf dem Rasen herum. Wie die Maipupus waren sie gestreift oder gepunktet, einfarbig, mehrfarbig, kariert oder marmoriert. Geräuschvoll prasselten sie auf das Blech der Schubkarre und die Platte des Gartentischs. Sie sammelten sich in der Hängematte, auf dem Trampolin und in den Blumenkübeln. Sie platschten ins Wasser der Regentonne und brachten sie zum Überlaufen. Unbarmherzig peitschte ein Streuselschauer nach dem anderen durch das Geäst der Bäume und fegte die Blätter von den Zweigen. Der Garten sah bald aus wie ein einziges Schlachtfeld.

„Mann, Mann, Mann." Kopfschüttelnd wandte sich Nemos Vater ab. Er schnappte sich den Supermarktschlüssel vom Haken und brummte: „Am besten, ich storniere gleich mal die Süßigkeiten-Lieferung. Sicher haben die Boringer bald genug von dem Süßkram und kaufen nur noch Essiggurken."

„Gute Idee, mein Schatz." Seine Frau folgte ihm in den Flur. „Vielleicht bestellen wir auch noch eine Ladung Salzstangen und Zwiebelringe, falls der

Laster bei diesem Wetter überhaupt durchkommt."

Während sich seine Eltern für die Arbeit fertig machten, fischte sich Nemo ein Frühstück aus der Schüssel mit den Süßigkeiten. Genüsslich biss er in einen Schokoriegel und lümmelte sich, noch im Schlafanzug, auf das Sofa. Er kramte die Fernbedienung zwischen den Polstern hervor und schaltete den Fernseher ein.

„Es gibt keine natürliche Erklärung für dieses Phänomen", hörte er Hubsi Hubert sagen, der vor einem Foto der Boringer Burg erschien. Der Wettermann war einer schwarzhaarigen Journalistin zugeschaltet, die Nemo noch von den Berichten über den plötzlichen Wintereinbruch in Boring kannte.

„Aber warum ist immer nur *Ihre* Heimatstadt von diesen Unwettern betroffen?", wollte sie wissen.

Der Wettermann schmunzelte. „Wir haben eben Glück."

„Glück?" Die Journalistin sah aus, als ob sie nicht

richtig gehört hätte. „Sie empfinden den Bonbonregen als Glück?“
Hubsi Hubert nickte. „Na, das ist doch wie im Schlaraffenland, wo Milch und Honig fließen. Immerhin regnet es Bonbons und keine Pferdeäpfel. Da sollten wir uns nicht beschweren.“
Nemo grinste. Er liebte Hubsis Optimismus!
Er sah die Sendung zu Ende und schaltete sich dann durch die Programme. Doch auf allen Kanälen war das Gleiche zu sehen. Offensichtlich war das Interview aufgezeichnet worden und wurde nun nicht nur landes-, sondern sogar weltweit gesendet. Das seltsame Wetter in Boring war mal wieder Tagesgespräch. Einzig TV Kabeljau, Borings Lokalsender, wich vom Programmschema ab. Dort wurde nicht Hubsi interviewt, sondern Hubsi führte selbst ein Interview mit Herrn Koch.
Nemo setzte sich interessiert auf und schnappte sich einen zweiten Schokoriegel. Sicher ging es um den bevorstehenden Actionlauf.

„Sport und Spiel sind unglaublich wichtig für Kinder“, betonte Freds Vater, der zusammen mit dem Moderator auf dem Marktplatz stand. Fürsorglich hielt ein Assistent einen Regenschirm über die beiden. Im Hintergrund war eine Holzwand zu sehen, an der kräftig herumgezimmert wurde. „Kinder müssen dringend mehr an die frische Luft“, fuhr Freds Vater fort, „und mit natürlichen Materialien spielen, anstatt die ganze Zeit vor dem Bildschirm zu hocken. Deshalb habe ich den Actionlauf ins Leben gerufen.“
Hubsi Hubert zog das Mikrofon zu sich. „Aber der kann doch sicher nicht stattfinden, wenn es weiter so regnet?“
„Natürlich nicht.“ Herr Koch lächelte gequält. „Aber heute ist ja erst Donnerstag. Und der Actionlauf findet Samstag statt. Ich bin mir sicher, dass es bis dahin wieder schön ist und wir die Veranstaltung wie geplant durchführen können.“
„Die Hoffnung stirbt zuletzt.“ Hubsi Hubert blickte direkt in die Kamera. „Ich jedenfalls drücke

die Daumen. Und natürlich berichten wir vom Actionlauf exklusiv. Für jedermann und jedefrau, live auf TV Kabeljau."

„Viel Glück in Bio!" Nemos Mutter steckte noch einmal den Kopf ins Wohnzimmer. „Und putz dir heute bitte auch nach dem Frühstück die Zähne! Sonst geht es dir wie dem Jungen, der die ganzen Maipupu-Tüten gekauft hat."

Nemo horchte auf.

„Was? Wieso?" Mit irrem Blick drehte er sich zu seinen Eltern um. „Was ist ihm denn passiert?"

Über dem Kopf seiner Mutter tauchte der Kopf seines Vaters auf. „Na, der hat durch das viele Bonbonlutschen ganz schlimme Karies bekommen."

Frau Pinkowski nickte. „Seine Eltern waren wenig begeistert. Sie haben uns sogar ausdrücklich gebeten, ihrem Sohn keine Süßigkeiten mehr zu verkaufen."

„Und das sagt ihr mir jetzt erst?" Nemo war außer sich.

„Wieso?“ Sein Vater sah ihn verdutzt an. „Ist das denn wichtig?“

„Natürlich!“ Nemo sprang vom Sofa auf.

Während seine Eltern das Haus verließen, peste er in sein Zimmer. Jetzt wusste er, wo sie den Jungen suchen mussten! Und wenn sie ihn rechtzeitig fanden, war Herrn Kochs Hoffnung, dass der Actionlauf doch stattfinden konnte, sogar berechtigt.

Nemo riss die unterste Schublade seines Kleiderschrankes auf und schlüpfte in seine Sportklamotten. Ab sofort würde er jede Gelegenheit zum Training nutzen. Und sich ganz nebenbei ein wenig an Fred rächen …

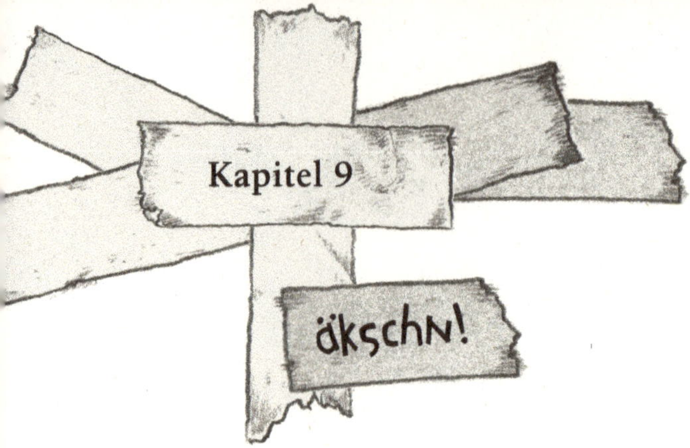

Kapitel 9

äkschn!

„Gutti Morri!“ Hicks winkte aus Freds Brusttasche, als Nemo kurze Zeit später die Tür öffnete. Der blaue Winzling lüpfte zum Gruß die Wollmütze. Nemo stutzte. Darunter kam eine quietschbunte, verrückte Punk-Frisur zum Vorschein.

„Hier, für dich!“ Fred reichte Nemo eine kleine Tüte und lächelte ihn übertrieben freundlich an. Es war nicht zu übersehen, dass er sich versöhnen wollte. „Ich hab noch ein paar Maipupus gefunden.“

„Danke.“ Nemo ließ die Winzlinge in seine

Pausenbrotbox purzeln, in die er mit dem Zirkel extra ein paar Luftlöcher gebohrt hatte. Er schlüpfte in seine Turnschuhe und kniete sich hin, um die Schnürsenkel zu binden.

„Wieso hast du denn Sportklamotten an?“, erkundigte sich Fred, der wie immer tadellos gekleidet war. Über seiner frisch gebügelten Hose trug er ein frisch gebügeltes Hemd. Darüber eine beige Windjacke und um den Hals ein schickes Tuch. Sein blondes Haar war von einer dunkelbraunen Wollmütze verdeckt, die ihm eine gewisse Ähnlichkeit mit Hicks gab – und mit einem Schokoladen-Muffin. Denn auf der Mütze waren eine Menge bunter Streusel kleben geblieben.

„Weil wir heute zur Schule joggen!“ Nemo sprang wieder auf.

„Joggen?“, fragte Fred schwach.

„Jep! Höchste Zeit, dass wir mit dem Training beginnen!“ Nemo hopste voller Energie auf der Stelle. „Außerdem nehmen wir nicht den normalen Weg.“

„Nüt?“ Hicks guckte überrascht.
Fred sah eher beunruhigt aus. „Welchen Weg dann?“
„Den Actionweg!“, rief Nemo.
„Äkschn, Äkschn!“ Hicks reckte die Ärmchen und wackelte mit den Hüften.
Fred schien weniger entzückt.
„Action...weg?“, murmelte er misstrauisch und rümpfte die sommersprossige Nase. Er ahnte nichts Gutes.

Nemo vermied Straßen, wo es nur ging. Er sprang über Gartenzäune, hüpfte über Rosenbeete und robbte durch Sandkästen. Er kletterte auf Schuppen, watete durch Gartenteiche und lief über parkende Autos, wenn sie doch einmal die Fahrbahn kreuzen mussten.
Er fühlte sich großartig!
Wenn Oda ihn jetzt nur sehen könnte!
Fred dagegen fühlte sich lausig.
Unwillig folgte er Nemo. Mit spitzen Fingern

schob er Zaunlatten beiseite, krempelte seine Hosenbeine hoch und passte auf, dass er mit den Klamotten nirgendwo hängen blieb. Auf keinen Fall wollte er sich schmutzig machen! Und was, wenn sie jemand dabei erwischte, wie sie durch fremde Gärten schlichen?

Zum Glück machte wenigstens der Bonbonregen eine Pause. Die bunten Zuckerwolken ließen ein paar Sonnenstrahlen durch und die Bonbons, die überall herumlagen, leuchteten auf wie Edelsteine.

„Ditti! Nicks! Mulli! Pepp!“ Hicks schrie jedes Mal begeistert auf, wenn sie ein neues Maipupu fanden. Er begrüßte die robusten, indem sie ihre Bäuche gegeneinanderstießen, und die sensibleren mit einem zärtlichen Nasenstüber.

An einem Seerosenteich lag ein Maipupu mit Sonnenbrille auf einem Handtuch. Gegenüber saß ein anderes mit Eimer und Angel und kaute auf einem Strohhalm herum. Ein weiteres hockte vor einer winzigen Staffelei in einem Beet und malte die Rosen ab – wobei es übertrieben bunte Farben verwendete.

Nemo sammelte die zappelnden Winzlinge ein und hastete weiter.

An der Schule angekommen, stieß er ein Kellerfenster auf und ließ sich in den Raum der *Boringer Bücherwürmer* hinab. Er huschte den düsteren Flur entlang, an Frau Dr. Spargels Schrank mit den gesammelten Spielsachen vorbei, und sprang drei Stufen auf einmal die Kellertreppe hoch.

Fred folgte ihm keuchend.

Erst in der Eingangshalle blieben sie stehen. Nemo fischte sein Handy aus der Tasche und sah auf das Display. „Zehn Minuten zwanzig. Das muss schneller werden!“

„Noch schneller?“ Fred stützte die Hände auf seine Knie und atmete schwer. „Ich bin jetzt schon fix und fertig.“

„Wrum? Det mekt doch Spaß!“

„Pssst!“ Fred stopfte Hicks tiefer in seine

Brusttasche und zog die Windjacke über ihm zu. Ein paar Erstklässler mit dicken Bonbonbacken rempelten ihn an.

„He!“ Empört rief Nemo hinter ihnen her, aber die Kleinen liefen ungerührt weiter, die Hosen- und Jackentaschen ausgebeult von der fetten Beute. Sicher dauerte es nicht lange, bis Frau Dr. Spargel ihnen die Bonbons wieder wegnahm. Die strenge Direktorin duldete keine unterrichtsfernen Gegenstände in der Schule, erst recht keinen Süßkram.

Nemo überlegte, ob einer der Erstklässler der Besitzer der Maipupus sein könnte, als wie aus dem Nichts Oda vor ihm auftauchte.

„Na, vor wem seid ihr denn auf der Flucht?“

„Wir trainieren!“ Nemo strahlte sie an. Dabei leuchtete Oda selbst wie die Sonne. Zu ihren gelben Gummistiefeln trug sie knallgelbes Ölzeug und einen ebenso gelben Südwester – alles Mitbringsel ihrer Eltern von Dreharbeiten auf Sylt. In den Händen hielt sie ihr aufgeklapptes Bioheft.

Mitleidig sah sie auf den arg ramponierten Fred, dem das blonde Haar schweißnass auf der Stirn klebte. Unter seinen Achseln hatten sich zwei dunkle Flecken gebildet.
Nemo versuchte, Odas Blick wieder auf sich zu lenken: „Mit ein bisschen Glück kann der Actionlauf doch noch stattfinden." Er fühlte sich cool mit den Grasflecken auf der Jogginghose und den blutigen Kratzern am Arm, die einige Rosenzweige dort hinterlassen hatten. „Ich hab nämlich eine Idee, wie wir den Jungen finden können, der die vielen Maipupu-Tüten gekauft hat."
„Aha." Zu Nemos Enttäuschung ließ Oda sich weder von seinem Aussehen noch von seiner Ankündigung besonders beeindrucken. Nervös kaute sie auf ihrer Unterlippe. „Sagt mal, habt ihr euch auf Bio vorbereitet?"
„Logo." Fred nickte.
„Ging nicht", sagte Nemo. „Ich hab den ganzen Abend Maipupus gesammelt. Moment mal ..."

Er sah Oda über die Schulter. „Da ist schon wieder eins!"
Vorsichtig näherte er sich Frau Dr. Spargels Gummibaum, in dem ein froschgrünes Maipupu saß. Es hatte einen Strohhut auf dem Kopf und knipste mit einer winzigen Gartenschere seelenruhig Löcher in die dicken Blätter.
Nemo pflückte das Maipupu von der Pflanze und stopfte es unter sein Käppi. Dann spurtete er seinen Freunden hinterher, die bereits die Treppe zu ihrem Klassenzimmer hochliefen.
„Sagt mal, wollt ihr denn gar nicht wissen, wie mein Schlachtplan aussieht?", fragte Nemo, als er außer Atem oben ankam.
„Später", vertröstete ihn Oda und ging im Laufen den Biostoff durch. Dabei murmelte sie vor sich hin: „Wurzel, Stängel, Blätter."
„Es ist nämlich so", fuhr Nemo unbeirrt fort, nachdem sie ihre Jacken aufgehängt und das Klassenzimmer betreten hatten. „Das Kind hat ganz schlechte Zähne bekommen, weil es so viele

Figuren freigelutscht hat." Er rutschte zwischen Oda und Fred auf den Stuhl.

Erschrocken spuckte Fred das Bonbon wieder aus, das er sich vorhin in den Mund geschoben hatte, und klebte es unter den Tisch. Schlechte Zähne wollte er auf keinen Fall bekommen.

„Es geht los!", zischte Oda, die nur Augen für Frau Fasching hatte. Die Biolehrerin stand vor der Klasse und ließ ihren Blick durch den Raum schweifen. Alle machten sich so klein wie möglich. Nur Nemo nicht.

Aufgeregt streckte er den Rücken durch und erzählte: „Das weiß ich von meinen Eltern. Wir könnten also nach der Schule ..."

„Nepomuk Pinkowski!" Frau Fasching strahlte ihn an, als ob er den Hauptpreis gewonnen hätte.

„Puh!" Oda atmete hörbar auf.

Nemo dagegen erstarrte.

Frau Faschings Blick traf ihn wie ein Blitz. Eine heiße Flutwelle durchrollte seinen Körper. Gerade noch hatte er sich wie ein angehender Held gefühlt, jetzt fühlte er sich wie ein zukünftiger Loser.

Erleichtert baute Fred für Hicks ein kleines Lager in seinem Schlampermäppchen. „Äkschn!", sagte er aufmunternd und drückte Nemo die Daumen.

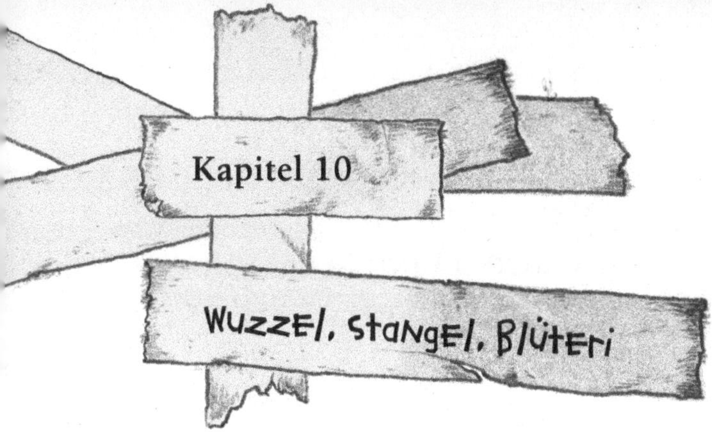

Nemo kaute an seinen Fingernägeln. Das würde in die Hose gehen. Das würde *so was von* in die Hose gehen! Sein Gehirn war völlig blank.

„Zähl uns doch bitte mal alle Pflanzenteile auf“, bat die Biolehrerin. Sie steckte den Bleistift in den geflochtenen Zopf ihres Haarkranzes und setzte sich mit einer Pobacke auf das Pult.

Erwartungsvoll lächelte sie ihren Schüler an.

Nemo schluckte.

„Ähm, Blätter …“ Fieberhaft dachte er über das nach, was Oda eben auf der Treppe gemurmelt hatte. Vor seinem inneren Auge erschien eine Rose.

Aber *Dornen* waren sicher kein Bestandteil aller Pflanzen. In seinem Kopf begann es zu kribbeln. Oder kribbelte es *auf* seinem Kopf? Nemo spürte einen kühlen Lufthauch in seinem Haar. Das Maipupu, das er in der Aula unter sein Käppi geschoben hatte, krabbelte hervor.

Erst wollte Nemo es wegwischen wie eine lästige Fliege, doch dann spürte er einen heißen Atem an seinem Ohr. Das Maipupu wisperte: „Wuzzel, Stangel, Blatts, Blüteri ..."

Nemo wurde klar, dass es ihm die richtigen Antworten vorflüsterte.

Hastig stützte er seinen Ellbogen auf den Tisch und legte den Kopf in den Handteller, um das Maipupu zu verbergen. Angestrengt bemühte er sich, die seltsamen Wörter zu übersetzen: „Äh ... Wurzel, Stangel ... Blätter, Blüten."

„Stängel, Nemo. Aber gut." Frau Fasching nickte zufrieden. „Und was ist die Aufgabe der Wurzel?"

„Öh ..." Nemo runzelte die Stirn und versuchte, einen nachdenklichen Eindruck zu erwecken.

Nervös wartete er auf weitere Antworten.
Die Klasse sah ihn gespannt an.
Endlich hörte Nemo das dünne Stimmchen:
„Wuzzel ankert Pflanz ins Bodi un versockt sie mi Wassi und Mirinalstoffs."
Stockend wiederholte er, was das Maipupu ihm einflüsterte: „Die Wurzel verankert die Pflanze im Boden ... und versorgt sie mit Wasser und Mirinal... stoffen."
Ein paar in der Klasse lachten.
„*Mineral*stoffen", korrigierte Frau Fasching. „Und die Aufgabe des Stängels?"
Nemo lauschte angestrengt.
„Stangel stutzt Pflanz, transpiriert Nahstoffs un brocht sie nachst Licht."
Oh Mann! Nemo schwitzte. Wer sollte denn das verstehen?
„Der Stängel ... stützt die Pflanze", wiederholte er, „transpiriert die Nähstoffe und bringt sie näher ans Licht?" Seine Antwort klang mehr wie eine Frage.

Wieder kicherten ein paar Oberschlaue.
„*Transportiert* die *Nährstoffe*“, berichtigte Frau Fasching. „Du konntest wohl deine eigene Handschrift nicht mehr lesen? Und die Aufgabe der Blätter und Blüten?“
„Ähm ...“ Nemo wartete auf eine Eingebung. „Blatts dienst zur Fotosenthyse. Blüteris zur Fortpflanzing. Mi schönst Ausguckst un gut Dufts lockts Insekts zu Bästubung an.“
Jetzt glaubte er, den Bogen rauszuhaben. Fast korrekt übersetzte er: „Die Blätter dienen zur Fotosenthyse, äh, Synthese. Die Blüten zur Fortpflanzung. Mit ihrem schönen Aussehen und ihrem guten Duft locken sie die Insekten zur Bestäubung an.“
„Sehr gut!“, lobte Frau Fasching. Sie zog ihren Bleistift aus dem Haarkranz, um Nemo eine gute Note einzutragen. Aber nun war er nicht mehr zu bremsen. Quasi synchron übersetzte er die Informationen, die ihm das Bio-Maipupu weiter ins Ohr flüsterte: „Es gibt übrigens einhäusige

und zweihäusige Pflanzen. Einhäusige wie der Apfelbaum haben gleichzeitig weibliche *und* männliche Blüten. Zweihäusige wie der Sanddorn dagegen nur weibliche *oder* männliche Blüten. Von ihnen braucht man also immer, wie beim Menschen, zwei Exemplare, wenn die Pflanze Früchte tragen soll."

Die ganze Klasse glotzte ihn beeindruckt an.

„Prima!" Frau Fasching hob erstaunt die Augenbrauen. „Das ist ja sogar mehr, als wir durchgenommen haben. Na, wenn das mal nicht eine Eins plus wert ist."

Nemo grinste.

Allmählich gewann er etwas Selbstsicherheit zurück! Waren die kleinen Biester also doch zu etwas gut! Vielleicht konnte ihm das Bio-Genie sogar beim Actionlauf helfen? Im Gegensatz zu ihm konnte es bestimmt einen Fenchel von einem Kohlrabi unterscheiden.

Verschwörerisch erzählte er Oda von seiner Idee.

Oda grinste ebenfalls. Allerdings lag ein

spöttischer Zug um ihren Mund. „Kleiner Denkfehler!", sagte sie und tippte sich an die Stirn. „Der Actionlauf findet nur dann statt, wenn es keine Bonbons mehr regnet. Und es regnet erst dann nicht mehr, wenn wir die Maipupus zurückgegeben haben."

„Ach ja." Nemos neu gewonnenes Selbstbewusstsein schnurrte in sich zusammen wie ein Luftballon, aus dem Oda die Luft gelassen hatte. Je mehr er versuchte, sie zu beeindrucken, umso weniger gelang es ihm.

Grummelnd fischte er das Maipupu unter seinem Käppi hervor und stopfte es zu den anderen in die Pausenbrotbox.

Tröstend legte ihm Oda eine Hand auf die Schulter und fragte: „Also, wie war dein Plan?"

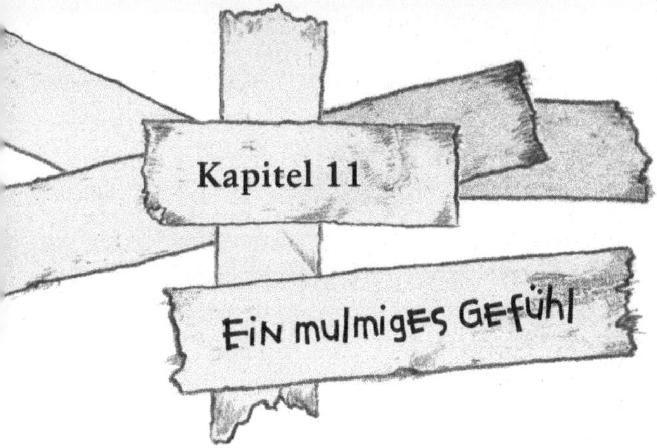

„NICHT SCHON WIEDER ZUM ZAHNARZT!“, brüllte Fred, als sie sich gleich nach der Schule auf den Weg machten. Gemeinsam liefen sie hinter der Kehrmaschine her, die dröhnend die Straße von klebrigen Bonbons freiräumte. Auf dem Dach des Wagens blinkte ein orangefarbenes Licht, über dem Boden rotierten zwei kreisförmige Bürsten. Lautstark kehrten sie eine Schneise in den dichten Bonbonteppich, der mittlerweile die ganze Fahrbahn bedeckte.

„ABER NEMO HAT RECHT“, brüllte Oda zurück und übertönte so das Getöse. „EIN JUNGE, DER

SCHLECHTE ZÄHNE HAT, IST BESTIMMT OFT BEI DR. LÖCHERL GEWESEN UND IST WAHRSCHEINLICH DER BESITZER DER MAIPUPUS!"
Nemo schrie zustimmend: „FINDEN WIR IHN UND FRAGEN WIR ihn, wie viele es gibt!"
Nachdem das Räumfahrzeug Richtung Marktplatz abgebogen war, konnten sie endlich wieder in normaler Lautstärke miteinander sprechen. Selbst Hicks' Schnarchen aus Freds Brusttasche war nun deutlich zu hören.
Nemo blieb vor dem Café Kandis stehen und sah sich suchend nach etwas um, mit dem er selbst den Weg freikehren konnte.
„Vielleicht hat der Junge sogar gesehen, wer seine Sammlung geklaut hat", sagte er und schnappte sich einen Besen, der neben der Tür des Cafés lehnte – sicher hatte niemand etwas dagegen, wenn er sich den mal kurz auslieh. In rhythmischen Schwüngen fegte er vor ihnen her. „Mit etwas Glück fassen wir sogar den Dieb."
„Glück?" Freds Stimme überschlug sich beinahe.

„Ich weiß wirklich nicht, ob man von *Glück* sprechen kann, wenn man die Chance bekommt, sich mit einem Riesen anzulegen."
Nemo blieb stehen und wandte sich erstaunt zu ihm um. „Woher weißt du denn, dass der Dieb groß ist?"
„Na, schließlich haben wir ihn schon mal gesehen. Im Hasenkostüm. Als er Herrn Siebzehnrübel entführt hat."
„Stimmt." Oda nickte nachdenklich. „Pinky Püschel war riesig."
„Das muss nichts heißen", erwiderte Nemo wenig überzeugt. „Ich war mal bei TV Kabeljau, beim Tag der offenen Tür. Da haben sie uns gezeigt, wie die Figuren der Kindersendung bewegt werden. Und ausgerechnet in der größten Puppe steckte die kleinste Frau."
Fegend setzte er seinen Weg fort.
Oda folgte ihm.
Fred trottete ihnen mit hängenden Schultern hinterher. Immer wieder sah er sich unsicher um.

Schon seit der Schule hatte er das mulmige Gefühl, verfolgt zu werden.

„Puh." Oda atmete laut aus. „Irgendwie führen alle Spuren ins Leere."

„Nicht alle", scherzte Nemo und bog fegend in die Straße des Zahnarztes ein. „Diese hier führt zu Dr. Löcherl."

„Und ihr glaubt wirklich, dass er uns einfach so einen Blick in seinen Terminkalender gewährt?", fragte Fred.

„Vielleicht nicht freiwillig", gab Oda zu. „Dann müssen wir eben ein bisschen nachhelfen!"

„Nachhelfen?", fragte Fred unglücklich und rief plötzlich: „He! Fällt euch was auf? Frau Fasching ist immer noch hinter uns, obwohl sie ganz woanders wohnt. Meint ihr, sie hat Lunte gerochen?"

Nemo blieb stehen und schnupperte. „*Was* hat sie gerochen?"

„Lunte", wiederholte Fred und übersetzte: „Die Zündschnur."

„Welche Zündschnur?", fragte Oda.

„Oh Mann." Fred stöhnte laut auf. Der Wortschatz seiner Freunde war wirklich unterirdisch. „Das sagt man doch nur so. Das heißt im übertragenen Sinne, dass sie vielleicht etwas bemerkt hat. Womöglich ist sie uns auf die Schliche gekommen." Prüfend musterte er die Gesichter seiner Freunde, um zu sehen, ob sie wenigstens das kapiert hatten.
„Glaub ich nicht." Nemo fegte gleichgültig weiter, bis sie das Haus des Zahnarztes erreicht hatten. Er lehnte den Besen an den Zaun und schielte unauffällig zu Frau Fasching, die wenige Meter von ihnen entfernt stehen blieb.
„Oh Gott!" Nemo wurde bleich. „Du hast recht! Kaum sind wir stehen geblieben, ist sie auch stehen geblieben."
„Kein Wunder." Oda blieb gelassen. „Wisst ihr nicht mehr? Sie hat das Haus von Herrn Huflattich geerbt. Sicher sieht sie nur nach dem Rechten."
„Ach so, stimmt ja." Nemo und Fred beruhigten

sich wieder. Verstohlen blickten sie zu dem verlassenen Nachbarshaus, als die Biolehrerin plötzlich zu ihnen herüberwinkte.
Oda winkte zurück. „Hallo, Frau Fasching!"
„Bist du verrückt?" Fred ging los wie eine Rakete. „Lass das gefälligst! Sonst kommt sie noch her."
Aber da war es bereits zu spät. Die Biolehrerin trat auf sie zu.
„Grüß euch, Kinder. Was macht ihr denn da?"
Nemo lächelte schief. „Wir müssen zum Zahnarzt. Kontrolle. Und Sie?"
„Ich treffe mich gleich mit Herrn Sammer-Vielhing vom Maklerbüro. Das alte Haus von meinem Onkel soll endlich verkauft we..." Frau Fasching stockte. Mit großen Augen starrte sie Fred an. „Wer ist denn das?"
„Na, Fred", antwortete Nemo verwirrt, bis er merkte, wen Frau Fasching meinte.
Aus Freds Brusttasche ragte eine blaue Nase. Der Biolehrerin fielen fast die Augen aus dem Kopf, als Hicks seine Mütze lüpfte.

„Gutti Morri!"
Fred erstarrte zu Stein.
„Ah! Ha, ha." Oda lachte gekünstelt. „Sie kennen ja unseren Fred. Ein echter Kindskopf. Hat sich bei Herrn Siebzehnrübel eine Aufziehpuppe gekauft." Eilig tat sie so, als zöge sie auf Hicks' Rücken eine Schraube auf. „Gucken Sie mal, was der kann."
„Wazn?" Hicks sah sie erwartungsvoll an.
„Wie heißt du noch mal?", fragte Oda und atmete auf, als Hicks bereitwillig sein Sprüchlein herunterratterte: „Meine Wichtigkeit namst Hix, aus der Famili Knix, ein Maipu vom Volk der Maipupus."
„Wie niedlich!" Frau Fasching kräuselte ihre Nase. Sie hob die Hand, um nach Hicks zu greifen, als in dem Moment ein hupender Sportwagen um die Ecke bog. Mit knirschenden Reifen hielt er am Straßenrand. Die Räder waren so mit Bonbons gespickt, dass sie aussahen wie bunte Donuts.
„Entschuldigen Sie die Verspätung!" Herr Sammer-Vielhing sprang aus dem Auto. Der Makler trug ein farbenfrohes Hawaiihemd mit

vielen kleinen Orangen, die hell aufleuchteten, als zwei Bonbonwolken auseinanderdrifteten und die Sonne durchließen.
„Sie bringen den Sommer zurück!“, begrüßte ihn Frau Fasching erfreut.
„Nomen est omen!“ Der Makler hakte die Lehrerin unter und führte sie gut gelaunt zu ihrem geerbten Haus. Gemeinsam stießen sie das rostige Gartentürchen auf und stiegen die Stufen zum Eingang hoch.
Oda runzelte die Stirn. „War das eben Latein?“
„Keine Ahnung!“ Nemo drehte sich um, um Fred zu fragen. Er war der Spezialist für altmodische Sprichwörter. Aber Fred stand nicht mehr neben ihnen. Ausnahmsweise war er mal der Erste beim Zahnarzt.

Nemo hielt sich die Nase zu. Er hasste diesen Zahnarzt-Geruch nach Gips, Kaugummi und Angstschweiß. Respektvoll beäugte er die präparierten Tiere, die überall in der Praxis herumhingen. Über dem Empfang thronte ein ausgestopfter Auerhahn. Hinter der Theke stand Frau Löcherl und verpackte Pakete.
Nemo fragte sich, was es in einer Zahnarztpraxis zu verschicken gab, während er nervös an seinem Sweatshirt zupfte. Mit seinen schmutzigen Joggingklamotten fühlte er sich in der blitzsauberen Praxis unwohl.

„Hallo?" Ohne das Klebeband aus der Hand zu legen, begrüßte Frau Löcherl die Kinder. Ihre Stimme klang verwundert. „Habt ihr einen Termin?"
„Das nicht", sagte Oda. „Aber eine Bitte. Wir müssen für ein Schulprojekt die Räume einer Zahnarztpraxis recherchieren. Können Sie uns vielleicht weiterhelfen?"
Nemo staunte. Oda zauberte Ausreden aus der Tasche wie ein Clown Konfetti.
„Nun ..." Frau Löcherl überlegte einen Moment. „Wir haben ein Wartezimmer, zwei Behandlungszimmer, ein Labor ..."
„Moment!" Oda unterbrach sie. Sie zückte ihr Handy und wedelte damit herum. „Wir sollen auch Fotos machen. Darf ich?"
Frau Löcherl seufzte.
„Na gut. Komm mit." Sie legte das Klebeband zur Seite und führte Oda ins Wartezimmer.
Nemo und Fred sahen sich an. Damit waren die Rollen wohl verteilt.

„Na los!“ Nemo gab seinem Freund einen Stups. „Schau im Terminkalender nach!“

„Ich?“, empörte sich Fred. „Wieso nicht du?“

„Weil der Kleinste immer anfangen darf.“

„Na, wenn das so ist ...“ Fred fischte Hicks aus der Brusttasche und hob ihn über den Tresen. Er setzte ihn auf das große Terminbuch und forderte ihn auf, nach einem Namen zu suchen, der gleich mehrmals vorkam.

„Oki!“ Hicks hüpfte vom Kalender und blätterte die Seiten um. Nemo bezweifelte, dass der Winzling überhaupt lesen konnte. Sicherheitshalber verrenkte er den Hals, um mit ihm in die Seiten zu gucken. Er staunte.

Fast alle Bewohner und Bewohnerinnen Borings waren in dem Buch zu finden. In letzter Zeit waren Herr Kriegelstein, Frau Dr. Spargel und Freds Oma hier gewesen. Herr Ölmez, der ehemalige Bürgermeister, hatte eine Parodontose-Behandlung erhalten und ihrem Mathelehrer, Herrn Silberrücken, war ein Zahn gezogen worden. Sogar

Hubsi Hubert hatte im September zwei Termine für eine Wurzelbehandlung gehabt. Nemo konnte es kaum glauben. Er bewunderte den Moderator so sehr, dass er nie darüber nachgedacht hatte, dass er ein Mensch aus Fleisch und Blut war. Für ihn war Hubsi ein Held! Unbesiegbar und unverwundbar. Nemo konnte sich einfach nicht vorstellen, dass er so etwas wie Zahnschmerzen hatte.

„Hips!" Erfreut deutete Hicks auf einen Eintrag unter dem Namen des Moderators. Dann auf einen weiteren eine Spalte daneben. Er verbog seinen blauen Körper wie ein Schlangenmensch, um mit beiden Füßen auf zwei weitere Einträge zu deuten. Dort stand viermal der gleiche Name!

Aber bevor Nemo den Namen entziffern konnte, hörte er Odas Stimme übertrieben laut sagen:

„DANN KOMMEN WIR ALSO JETZT ZUM EMPFANG ZURÜCK."

Hastig lehnten er und Fred sich gegen den Tresen und taten so, als warteten sie.

„Und wo ist das Labor?“ Oda kehrte mit Frau Löcherl in den Vorraum zurück.
„Dort drüben!“ Frau Löcherl deutete auf eine Glastür, neben der ein ausgestopfter Fuchs hing.
„Davon müsste ich bitte auch noch ein Foto machen.“ Oda zwinkerte den Jungs im Vorübergehen zu. Kaum war sie mit Frau Löcherl hinter der Glastür verschwunden, drehten sich Nemo und Fred wieder um.
„Schnell! Lies uns den Namen vor!“, forderte Fred Hicks auf.
Hicks entknotete seinen Körper und beugte sich über einen der Einträge. „Seki Tami.“
„Das muss er sein!“, rief Fred. „Sein Name taucht allein im September viermal auf. Außerdem ist er ein Kind.“
Nemo sah seinen Freund verwundert an. „Woher willst du das wissen?“
„Weil ich ihn kenne! Wir haben mal zusammen einen Töpferkurs gemacht.“
Das überzeugte Nemo.

„Und weißt du, wo er wohnt?"
„Leider nein." Fred schüttelte den Kopf. „Ich weiß nur, dass er einen Pinguin getöpfert hat."
„Das hilft uns nicht weiter. Schnell. Gucken wir im Computer nach!"
Hicks stemmte sich gegen den Computerbildschirm und drehte ihn zu ihnen herum. Stöhnend hievte er die Maus auf den Tresen. Nemo ergriff sie und bewegte den Cursor über den Bildschirm. Hektisch überflog er die Seite, bis er am oberen Bildrand eine Zeile entdeckte, auf der „Datenbank" stand.
Endlich! Sein Herz begann, schneller zu schlagen. Eilig klickte er die Datenbank an, als er plötzlich Frau Löcherls Stimme vernahm: „So, das war's."
Erschrocken schleuderte Nemo die Maus von sich. Er wirbelte herum und beobachtete, wie Frau Löcherl mit Oda aus dem Labor trat. Hoffentlich fiel ihr nicht auf, dass der Bildschirm in die falsche Richtung zeigte. Vor Anspannung erstarrte er zu einem Eisblock.

Oda runzelte die Stirn, als sie ihre Freunde wie lebendige Statuen an der Rezeption stehen sah. Eilig hakte sie Frau Löcherl unter und drehte sie vom Empfang weg.
„Gibt's kein Klo?“, fragte sie scheinheilig.
„Sicher“, sagte Frau Löcherl knapp. „Sag bloß, das willst du auch fotografieren?“
„Unsere Lehrerin hat gesagt, *alle* Räume.“ Die zwei verschwanden hinter einer schmalen Tür, auf der ein „W“ und ein „C“ abgebildet waren.
Nemo atmete auf.
„Gib Gas!“, zischte Fred, während er Hicks zurück in die Brusttasche stopfte.
Nemo drehte sich wieder um und tippte mit zitternden Fingern SEKI TAMI in die Suchleiste. Ein rechteckiges Fenster mit Daten poppte auf.
„Und das waren wirklich alle Räume?“, erkundigte sich Oda, als sie kurz darauf wieder aus der Toilette traten. Nervös wanderte ihr Blick zur Rezeption. Erleichtert stellte sie fest, dass Nemo und Fred nicht mehr dort standen.

„Natürlich!“ Frau Löcherl wirkte mittlerweile etwas genervt. „Was glaubst du denn? Dass wir noch eine Sauna und einen Wellness-Bereich haben?“ Sie ging zurück zum Empfangstresen und packte weiter ihr Paket ein.

„Nein, nein, schon gut. Vielen Dank.“ Oda spähte ins Wartezimmer, wo Nemo und Fred auf den Stühlen lümmelten und gelangweilt in der *Klatsch Royal* blätterten.

Kapitel 13

SEKI UND DIE INSEL QUINSEL

Herr Tami musste sie nicht extra bitten, die Schuhe auszuziehen. Das taten sie freiwillig. Denn trotz Nemos fleißigem Fegen hatte sich unter ihren Sohlen eine dicke Zuckerschicht gebildet, die jeden von ihnen locker zehn Zentimeter größer machte.

Oda schleuderte ihre Gummistiefel von den Füßen. Nemo schlüpfte aus seinen ausgelatschten Turnschuhen, ohne die Schnürsenkel aufzubinden.

Sekis Vater warf ihnen einen abschätzigen Blick zu. Seufzend sammelte er Odas Gummistiefel

wieder auf. Einzig Fred, der seine Halbschuhe ordentlich nebeneinanderstellte, schien seinen Ansprüchen zu genügen.
„Das ist aber lieb, dass du Seki besuchst!“, sagte er, als wäre Fred ganz alleine gekommen. Er legte ihm einen Arm um die Schulter und führte ihn durch die sehr aufgeräumte Wohnung. „Ich erinnere mich gut an den Töpferkurs, den ihr zusammen gemacht habt. Allerdings habe ich gar nicht mitbekommen, dass ihr euch damals angefreundet habt.“
Er öffnete die Tür zum Kinderzimmer am Ende des Flurs.
Nemo staunte.
Sekis Zimmer war genauso aufgeräumt wie der Rest der Bude. Nicht ein einziges Spielzeug lag auf dem Boden. Die Kuscheltiere im Regal waren nach Größe, die Bücher nach Farben sortiert. Auf dem obersten Bord stand der getöpferte Pinguin, den Fred erwähnt hatte.
Seki saß an seinem Schreibtisch, den Rücken zu

ihnen gewandt, und kritzelte mit einem Kugelschreiber auf einem karierten Block herum. Er drehte sich nicht einmal um, als sie das Zimmer betraten.

Herr Tami deutete auf einen leeren Setzkasten über dem gemachten Bett.

„Seki ist so niedergeschlagen, seit seine Sammlung verschwunden ist. Vielleicht könnt ihr ihn ein wenig aufheitern?“ Zum ersten Mal sah er auch Nemo und Oda an, als würden sie wenigstens zu Hofnarren taugen.

„Ganz bestimmt“, versprach Nemo und wartete, bis Sekis Vater das Zimmer verlassen hatte.

Kaum war die Tür hinter ihm ins Schloss gefallen, fischte Fred Hicks aus der Brusttasche und hielt ihn Seki unter die Nase.

„Na, erkennst du den?“

„Na klar!“ Seki sah auf. Endlich kam Leben in den Jungen. Ein Leuchten erhellte sein rundes Gesicht. „Das ist Hicks aus der Familie ...“

„Knix!“, fiel Hicks ihm ins Wort.

Synchron ratterten sie den Rest des Sprüchleins herunter: „Ein Maipu vom Volk der Maipupus."
„Darf ich?" Seki griff nach dem blauen Winzling und betrachtete ihn staunend von allen Seiten.
„Was ist denn das für ein Modell? Woher habt ihr den? Ist er elektronisch?"
„Er ist lebendig", sagte Oda.
„Was?" Seki sah sie ungläubig an.
„Du kannst ihn gerne umarmen", erlaubte Nemo ihm großzügig.
„Umarmen?" Vorsichtig hob Seki Hicks hoch und drückte ihn an sein Herz.
„He!" Hoffnungsvoll blickte Nemo zum Fenster.
„Ich glaube, es hat aufgehört zu regnen."
Fred schüttelte skeptisch den Kopf. „Nur weil wir ein einziges Maipupu zurückgebracht haben? Unwahrscheinlich!"
Oda gab ihm recht: „Außerdem müsste das Wetter bei der Umarmung eher schlimmer werden. Zumindest kurz. Und Hicks hat sich nicht zurückverwandelt."

Sie deutete auf den blauen Winzling, den Seki auf dem Schreibtisch abgesetzt hatte. Hicks wirkte eher noch lebendiger als sonst. Vor Freude, den Jungen wiederzusehen, schlug er Purzelbäume und vollführte eine Art Freudentanz.

„Wupi, dupi, schalla-la-la hupi!"

Seki lachte. Er legte das Kinn auf die Arme und betrachtete Hicks liebevoll. „Darf ich ihn behalten?" Bettelnd wandte er sich den Freunden zu. „Bitte!"

„Noch nicht." Eilig steckte Fred Hicks zurück in die Brusttasche. „Du bekommst ihn, wenn wir *alle* eingesammelt haben."

Oda setzte sich auf Sekis Bett und verknitterte die glatt gestrichene Bettdecke. „Aber vorher musst du uns ein paar Fragen beantworten: Weißt du, wer dir die Figuren geklaut hat? Hast du irgendjemanden gesehen? Oder etwas Verdächtiges bemerkt?"

Seki schüttelte dreimal den Kopf.

Nemo setzte sich neben Oda. „Weißt du

wenigstens, wie viele Maipupus es insgesamt gibt?"

„Natürlich!" Seki freute sich, endlich eine Frage beantworten zu können. „Ich hab sie ja fast alle gehabt."

Er sprang von seinem Stuhl auf, kauerte sich vor das Bett und zog eine aufgerollte Filzmatte darunter hervor.

Oda fiel auf, dass nicht eine einzige Staubflocke an ihr hing. Seki entfernte das Gummiband und entrollte den kleinen Teppich mit einem energischen Schwung.

„Alter Schwede!" Fred kniete sich hin.

„Krass!" Nemo rutschte von der Bettkante und setzte sich zu ihnen.

Auf der Filzmatte entfaltete sich eine Landschaft. Eine Vulkaninsel aus Schaumgummi erhob sich, die inmitten eines azurblauen Meeres lag. Auf ihr waren Wälder und Äcker, Strände und mehrere kleine Siedlungen zu sehen.

„De Insel Quinsel!" Hicks flippte fast aus. Er

sprang aus Freds Brusttasche und landete auf dem Filzteppich.
Seki lächelte stolz.
„Die Insel Quinsel ist ein schwer erreichbares Eiland im Südspaßifik. Dort lebt das Volk der Maipupus in fünf Großfamilien."
„Familis!", rief Hicks und deutete auf die verschiedenen Siedlungen, während Seki weiter erklärte: „Von den Maipupus gibt es drei verschiedene Arten. Die *Mais*, die *Pus* und die *Maipus.*"
Nachdenklich sah Nemo Hicks an und murmelte: *„Ein Maipu vom Volk der Maipupus."*
„Genau." Seki nickte. „Die *Mais* kümmern sich um den Ackerbau und die Gärten. Sie gehen fischen, Holz hacken, arbeiten in den Minen und hüten das Vieh. Die *Pus* erfinden abenteuerliche Dinge, die niemand braucht, vertreiben sich die Zeit mit waghalsigen Mutproben und bespaßen die Kinder."
„Und die Maipus?", wollte Fred wissen.

„Mir sinz Zeremonienmaster“, rief Hicks. „Wir orgieren rauschende Fests.“
Seki grinste zustimmend. „Immer, wenn ein Maipupu-Kind vom Himmel fällt, wird groß gefeiert.“
Oda zeigte sich verwundert. „Maipupu-Kinder fallen vom Himmel?“
„Pologo!“, rief Hicks. „Wo sollenze sonst herkommst?“
„Erklären wir dir ein andermal“, wich Oda aus.
Seki erläuterte die Sache genauer: „Maipupu-Kinder plumpsen als Hagelkörner vom Himmel. Sofort wird ein Fest gefeiert und das Hagelkorn freigeschmolzen.“
Hicks bestätigte: „In Somma unta die Sonn, im Winter naxt Feuer.“
Sekis Vater steckte den Kopf ins Zimmer. „Wollt ihr einen Tee?“
„Nein danke!“, riefen alle vier Kinder gleichzeitig.
„Na gut.“ Herr Tami schloss schnell wieder die Tür und zog sich zurück.

„Erzähl weiter!“, forderte Nemo den Jungen auf. Seki tat nichts lieber als das. Es war nicht zu überhören, dass er ein echter Experte war. Gespannt hingen die Freunde an seinen Lippen.

„Die Maipupus wollen unentdeckt bleiben und der industrialisierten Welt widerstehen“, sagte Seki. „Aber es gibt auch Gegenspieler.“ Er zog einen Schuhkarton unter dem Bett hervor und hob zwei Figuren heraus, die eher menschliche Züge trugen.

„Wurgs!“ Hastig kletterte Hicks zurück in Freds Brusttasche. Ängstlich beäugte er den Mann und die Frau in beigen Safariklamotten.

„Herr und Frau Wurgs sind ein Forschungs-Ehepaar“, erklärte Seki, „das angeblich an der Lebensweise der Maipupus interessiert ist. Aber in Wirklichkeit wollen sie die Insel Quinsel in einen Freizeitpark umbauen und die Maipupus unterjochen!“

„Und der Jochen?“ Nemo runzelte die Stirn.

„Welcher Jochen?“

Fred stöhnte laut auf. „*Unterjochen* bedeutet *unterdrücken und ausbeuten*." Er warf Seki einen entschuldigenden Blick zu.

„Und wie viele Maipupus gibt es nun insgesamt?", wollte Oda wissen.

Seki sprang vom Boden auf und holte den Block vom Tisch, auf dem er bei ihrer Ankunft herumgekritzelt hatte. Auf das oberste Blatt hatte er eine Menge Maipupus gezeichnet und in Schönschrift ihre Namen danebengeschrieben.

„Das sind alle Figuren, die ich hatte." Eifrig riss er das Blatt ab und reichte es Oda. „Jede Maipupu-Familie hat zwanzig Mitglieder. Mit der Königin, der ältesten *Mai*, sind es hundertundeins." Er machte ein trauriges Gesicht. „Aber die Königin habe ich nie besessen. Egal, wie viele Bonbons ich gelutscht habe, sie war nie mit dabei."

Oda äußerte einen Verdacht: „Vielleicht gibt es die Königin gar nicht. Womöglich hat die Herstellerfirma sie sich nur ausgedacht, damit die Kinder immer schön weiterkaufen?"

„Das wäre ja fies!“ Niedergeschlagen sah Seki auf seine Insel. „Ich vermisse die Figuren so sehr. Sie waren mein allerliebstes Spielzeug.“ Hoffnungsvoll sah er die Freunde an. „Und ihr glaubt, ihr könnt sie wiederfinden?“

„Wir müssen!“, rief Nemo, ohne zu erklären, warum. Oda fügte hinzu: „Nemo hat schon einige zu Hause.“

„Nicht wirklich“, gestand er. „Die meisten sind mir wieder entwischt. Ein Bodybuilding-Maipupu hat die Gitterstäbe des Hamsterkäfigs aufgestemmt.“

Seki lächelte nachsichtig. „Das war bestimmt Bicks. Ein Pu aus der Familie Knicks.“

Fred sah Nemo tadelnd an. „Vielleicht solltest du sie nicht in einem Käfig aufbewahren. Das ist ja wie ein Gefängnis! Kein Wunder, dass sie da rauswollten.“

„Hast du eine bessere Idee?“

„Wie wär’s mit meiner alten Ritterburg?“, schlug Oda vor.

„Ui ja!“, rief Fred. „Oder mit meinem Puppenhaus! Da gibt es sogar einen Aufzug, einen Reitstall und einen Pool. Dort gefällt es den Maipupus bestimmt.“
„Glaube ich nicht“, sagte Seki zweifelnd. „Die Maipupus leben im Einklang mit der Natur. Nehmt lieber die Insel Quinsel mit!“
„Die würdest du uns leihen?“, fragte Nemo erstaunt.
„Warum nicht?“ Seki zuckte mit den Schultern. „Ohne Maipupus ist sie nutzlos.“
„Dufte!“ Fred bedankte sich bei ihm. „Vielleicht kommen die Maipupus dann freiwillig zurück.“
„Dann wären sie doch längst hier!“
Oda ließ ihren Blick durch das superaufgeräumte Kinderzimmer schweifen. Nirgends war auch nur ein einziger Krümel zu sehen. „Moment mal! Vielleicht *waren* sie hier!“, rief sie, einer plötzlichen Eingebung folgend. Hellwach wandte sie sich an Seki: „Wo steht euer Staubsauger?“

„Vielen Dank, dass ihr Seki aufgeheitert habt", bedankte sich Herr Tami kurze Zeit später.
„Keine Ursache", sagte Fred höflich. „Und danke, dass Sie unsere Schuhe geputzt haben."
Nemo klemmte sich die Teppichrolle unter den Arm und trat aus dem Haus. Besorgt blickte er in den Himmel. Über ihnen türmten sich neue Bonbonwolken zu einer bedrohlichen Gewitterwand auf. Und schon prasselte der nächste Bonbonregen vom Himmel.
„Wartet!" Sekis Vater lief in die Küche und kam mit ein paar Kochtöpfen zurück, die er den Kindern als Kopfschutz anbot.
Na prima! Nemo schnaubte. Der Tag, den er so cool mit einem Trainingslauf begonnen hatte, endete also nun mit einem Nudeltopf auf dem Kopf. Sein einziger Trost war, dass Oda nicht weniger dämlich aussah als er.
„Hundertundein Maipupu", seufzte er verzweifelt, als sie nebeneinander nach Hause stapften. „Wie sollen wir die bis übermorgen finden?"

Oda tröstete ihn: „Ein paar haben wir ja schon!“ Sie hob die Tüte mit den Maipupus hoch, die sie aus dem Staubsauger gefischt hatte.
Fred wedelte mit der Liste. „Und wir wissen jetzt, wie viele wir suchen müssen. Übrigens sind es nur hundert. Die Königin hat Seki ja nie besessen.“
„Na dann“, knurrte Nemo spöttisch. „Das ist ja ein Klacks.“

Kapitel 14

Ein gefloppter Flip

Auch am Freitag machten sie sich gleich nach der Schule weiter auf die Suche nach den restlichen Maipupus. Nemo und Oda trugen schützende Daunenjacken und dicke Skihandschuhe, Fred hatte sich den lilafarbenen Kunstpelzmantel seiner Großmutter ausgeliehen. Er war froh um den falschen Nerz, denn die Bonbons, die immer wieder in dichten Schauern vom Himmel prasselten, waren mittlerweile so groß geworden, dass es ernsthaft wehtat, wenn sie einen trafen. Die meisten Boringer trauten sich nur noch mit Helm aus dem Haus. Und wer keinen zur Hand hatte, stülpte sich einen Topf über den Kopf. Nemo, Oda und Fred trugen lieber Wollmützen, es klackerte einfach zu laut, wenn die harten Süßigkeiten auf Blech oder Plastik trafen. An den Wollmützen blieben die süßen Dinger zwar kleben, machten dafür aber nicht so einen Lärm. Fred trug außerdem eine Umhängetasche, in der sie die Maipupus sammelten. Alle drei hatten Besen dabei, mit denen sie den Weg freikehrten.

„Hihi." Fred kicherte. „Wir sind wie diese indischen Mönche, die immer vor sich herfegen, damit sie kein Insekt töten."

„Ja!", rief Oda zustimmend. „Die Doku auf TV Kabeljau hab ich auch gesehen! Für die Jain-Mönche ist alles beseelt. Sogar Pflanzen und das klitzekleinste Tier."

Nemo, der die Doku nicht gesehen hatte, fühlte sich ausgeschlossen. „Ich glaube nicht, dass Pflanzen beseelt sind", knurrte er eifersüchtig und lehnte seinen Besen, den er immer noch vom Café Kandis hatte, gegen eine Mülltonne.

„Solltest du aber!“ Oda deutete auf Freds Umhängetasche. „Immerhin haben wir es sogar mit beseeltem Spielzeug zu tun.“ Schmunzelnd zwinkerte sie Fred zu.

Murrend wandte sich Nemo ab. Er öffnete die Mülltonne und spähte hinein, um nach weiteren Maipupus zu suchen.

Aber außer zerbrochenen Flaschen und schlappem Salat fand er nur verschimmeltes Toastbrot. Frustriert knallte er den Deckel wieder zu. „Es ist aussichtslos! Die Biester könnten überall und nirgendwo sein.“

„Stimmt.“ Oda wurde wieder ernst. Selbst sie verlor langsam ihren Optimismus. „Das wird nicht ganz einfach“, gab sie zu. „Wie viele haben wir schon?“

„Moment.“ Fred warf einen Blick auf das Klemmbrett mit Sekis Liste, auf der er jedes gefundene Maipupu abhakte. Dann zählte er die in seiner Umhängetasche noch einmal durch. Es war schwierig, die Winzlinge auseinanderzuhalten, die

sich mit Hicks zu einem bunten Knäuel verknotet hatten. Er sagte: „Acht, wenn ich mich nicht täusche. Zusammen mit den neunzehn, die wir gestern gefunden haben, müssten es …"
„Siebenundzwanzig sein", rief Oda dazwischen.
Nemo stöhnte laut auf. „Dann fehlen ja noch …"
„Dreiundsiebzig!" Schon wieder war Oda schneller.
Nemo sah sie verblüfft an. „So viele!", jammerte er und fegte ihnen den Weg zum Marktplatz frei.
Auf dem Rathausbalkon stand Franz Ach und rief die Menschen per Megafon dazu auf, zu Hause zu bleiben oder zumindest Helme zu tragen.
Unter dem Balkon stand ein Grüppchen Demonstrierende, die mit den Maßnahmen des neuen Bürgermeisters nicht einverstanden waren. Auf ihren Schildern standen Sätze wie: *Gegen ein Ausgangsverbot! Bonbons sind keine echte Gefahr!* und: *Helmpflicht, nein danke!*.
„Das ist doch nur zu eurer eigenen Sicherheit!", brüllte Franz Ach nach unten. „Wenn sich das

Wetter wieder normalisiert, könnt ihr tun und lassen, was ihr wollt." Aber das Grüppchen ließ sich nicht so einfach zerstreuen.

„Es regnet doch gar nicht!", rief ein Mann, der seinen Helm am Ellbogen trug.

„Aber gleich!" Franz Ach deutete auf die nächste bunte Wolke, die bereits bedrohlich über den Dächern hing.

Kopfschüttelnd fegte Nemo rüber zum Spielwarenladen, vor dem Marie stand und sehnsüchtig das Puppenhaus im Schaufenster betrachtete. Nicht weit entfernt baute Freds Vater trotz des verrückten Wetters weiter an der Holzwand für den Actionlauf.

Herr Koch trug einen lässigen Blaumann mit vielen Taschen und einen Werkzeuggürtel, der zusätzlich an seinem rechten Oberschenkel befestigt war. Auf seinem Kopf saß ein Bauhelm.

„Wollt ihr mir beim Aufbau helfen?", fragte er die Kinder und nickte zu einer Schubkarre, die mit Holzscheiten gefüllt war. „Die sollen quer über die

Straße verteilt werden. Morgen werden sie dann angezündet. Die Teilnehmenden müssen drüberspringen, bevor sie ins Ziel einlaufen. Ist das nicht cool?“

„Und wie!“ Begeistert blickte Nemo zu dem großen roten Zieltor, das neben dem Rathaus aufgeblasen worden war. Auf der prallen Gummihaut sprangen die vom Himmel fallenden Bonbons herum wie Flöhe. Hinter dem Zieltor konnte Nemo ein dreistufiges Siegespodest erkennen. Er seufzte sehnsüchtig. Wie gerne würde er sich dort oben von Oda bewundern lassen!

„Cool?“, flüsterte ihm Fred ins Ohr. „Eher bescheuert! Es springt doch kein Mensch freiwillig über brennende Holzscheite!“

„Richie!“ Sein Vater legte Fred einen Arm um die Schultern und zog ihn an seine Brust. „Bin schon gespannt, wie du abschneidest. Drück mir die Daumen, dass alles wie geplant stattfinden kann.“

„Logo.“ Fred verdrehte die Augen und wand sich

aus der Umarmung, während Oda unbemerkt ein rundliches Maipupu mit Bauhelm und Zollstock aus dem Werkzeugkasten fischte. Heimlich stopfte sie es in Freds Tasche. „Okidoki! Wir hören mal, was der Wettermann sagt."

Eilig zog sie die Jungs rüber zum Supermarkt, vor dem Herr Pinkowski zusammenkehrte. Unter dem Vordach stand Hubsi Hubert und zeichnete seinen sportlichen Wetterbericht auf.

Nemo wurde ganz hibbelig. Sein großes Idol trug einen Eishockeyhelm und ein langärmeliges Trikot mit Protektoren darunter. Vor dem Moderator standen ein Kamerateam und Herr Lieblich vom Boringer Boten.

„Herr Hubert", begann der Journalist, „seit vorgestern spielt das Wetter in Boring mal wieder verrückt. Wie lange wird der Bonbonhagel noch andauern?"

Hubsi lachte. „Ich bin Meteorologe und kein Bonbonologe."

Herr Lieblich nickte. „Aber ganz ungelegen

kommt der Hagel für Sie nicht. Boring ist mittlerweile weltberühmt für sein Wetter. Wie sehr haben Sie davon profitiert?"

„... fragt der Journalist, der selbst viel mehr Zeitungen verkauft hat durch unser Wetter", konterte Hubsi.

Herr Lieblich räusperte sich und lenkte schnell ab: „Und welche Sportart empfehlen Sie bei so einem Wetter?"

Die Freunde traten ein Stück näher. Das fanden sie auch interessant! Der lustige Wetterfrosch von TV Kabeljau schlug zu jedem Wetter eine passende Sportart vor. Aber was bitte schön konnte man machen, wenn Bonbons vom Himmel fielen?

„Tja ..." Hubsi lächelte verschmitzt. „Wie wäre es mit Rollschuhfahren ohne Rollschuhe?" Er rückte seinen Helm zurecht und rollerte mit ausgebreiteten Armen auf den Marktplatz hinaus, dessen Kopfsteinpflaster von bunten Hagelkörnern übersät war. Elegant glitt er über den dichten Bonbonteppich. Als er wieder bei ihnen vorbei-

kam, beugte er seinen Oberkörper, streckte ein Bein nach hinten und beide Arme nach vorne aus. Oda und Fred johlten.
„Bravo!" Herr Pinkowski lehnte seinen Besen gegen den Korb mit Kürbissen und klatschte mit. Nemo grinste. Hubsi fiel doch immer etwas ein! Er war und blieb einfach der Coolste! Plötzlich beobachtete er aus dem Augenwinkel, wie sein Vater sich bückte und sich die Hosenbeine hochkrempelte.
Oh nein! Nemos Lächeln erstarb. Sein Vater kam doch hoffentlich nicht auf doofe Ideen! Als Jugendliche hatten seine Eltern zusammen Eiskunstlauf gemacht. Hunderte Male hatte sich Nemo die Videos mit ihren Kunststücken ansehen müssen. Aber sein Vater war kein Jugendlicher mehr! Er war zwanzig Jahre älter und außerdem ein echter Pechvogel.
„Tu's nicht!", rief Nemo, doch sein Vater hörte nicht auf ihn. Mit ausladenden Schritten glitt er zu Hubsi auf den Marktplatz hinaus.

PAULI

„Warum?“ Oda zeigte sich beeindruckt. „Ist doch gar nicht so schlecht.“
Aber Nemo traute der Sache nicht. Skeptisch verfolgte er, wie sein Vater sich drehte und in den Rückwärtsschritt fiel.
„Oh nein! Sicher versucht er einen Flip!“
Tatsächlich.
Sein Vater führte das rechte Bein nach hinten und tippte mit den Zehenspitzen kurz auf dem Boden auf. Mit Schwung streckte er das linke Bein durch, drückte seinen schweren Körper vom Boden ab und schraubte sich wirbelnd um die eigene Achse.
„Heiliger Bimbam!“ Fred staunte. Aus seinem Kunstpelz drang ein bewundernder Pfiff. Oda jauchzte vor Vergnügen, während Herr Lieblich ein Foto schoss.
Dann schrien sie alle erschrocken auf.

Kapitel 15

Ein bahnbrechender Gedanke

Herr Pinkowski geriet bei der Landung ins Straucheln. Rückwärts taumelte er auf die Holzwand zu.

„Oh-oh!“ Nemo ahnte nichts Gutes.

Mit Vollkaracho knallte sein Vater gegen die Bretter. Benommen rutschte er auf den Boden und blieb mit gespreizten Beinen dort sitzen. Nemo meinte förmlich, die Vöglein um seinen Kopf kreisen zu sehen.

Sofort eilte er ihm zu Hilfe. Zum Glück war die Schneise zur Bretterwand noch freigefegt.

Oda und Fred folgten ihm, aber Herr Koch war

schneller. Energisch griff Freds Vater seinem Freund unter die Achseln, schaffte es aber nicht, ihn alleine hochzuziehen.

Maries Mutter, die gerade aus dem Spielwarenladen trat, zögerte, ihm zu helfen. „Gut, dass ihr da seid“, begrüßte sie die Kinder. „Ich darf leider nichts Schweres heben.“

„Schon gut.“ Nemo und Fred packten mit an. Mit vereinten Kräften stellten sie Nemos Vater zurück auf die Füße. Herr Pinkowski rieb sich den Kopf. „Den Flip konnte ich auch schon mal besser“, ächzte er.

„Was machen Sie nur für Sachen?“ Fürsorglich zupfte ihm Frau Pütz ein paar klebrige Bonbons von der Hose.

Oda entdeckte ein kleines Maipupu in ihrem Nacken. Hastig rupfte sie es ab und versenkte es in ihrer Jackentasche. Sie wartete ab, bis Frau Pütz, Marie und Freds Vater Herrn Pinkowski zurück in den Supermarkt gebracht hatten, dann holte sie das Maipupu wieder hervor.

„Guckt mal, was ich gefunden hab!"
Hicks lugte aus Freds Pelz.
„As Bobsi!", begeisterte er sich.
„Ein Baby-Maipupu!" Interessiert betrachteten Nemo und Fred das kleine Wesen, das dicke Windeln trug und schmatzend an einem Schnuller saugte.
Nemo kam ein bahnbrechender Gedanke. „Hey Leute! Fällt euch auch etwas auf? Das Bio-Maipupu haben wir in Frau Dr. Spargels Topfpflanze entdeckt. Das Maipupu mit der Angel an einem Gartenteich. Und das Maipupu mit dem Zollstock im Werkzeugkasten."
„Heiliger Bimbam." Fred verstand, worauf Nemo hinauswollte. „Aber warum klebt ein Baby-Maipupu an Maries Mutter?", rätselte er.
„Na, warum wohl?" Nemo schmunzelte.
„Weil sie sich kindisch verhält?", riet Fred.
„Nein." Nemo schüttelte den Kopf. „Erinnert ihr euch an Maries Geheimnis? Ich glaube, sie wollte uns sagen, dass ihre Mutter schwanger ist."

„Ach, deshalb darf sie nichts Schweres heben!“, rief Oda aus.

Nemo nickte bedeutsam.

Auf einmal hatte er große Hoffnung, dass sie es doch noch schafften, alle Maipupus rechtzeitig aufzustöbern. „Das heißt, die kleinen Biester laufen nicht irgendwohin“, sagte er und strahlte dabei übers ganze Gesicht. „Sie suchen ganz bestimmte Orte auf!“

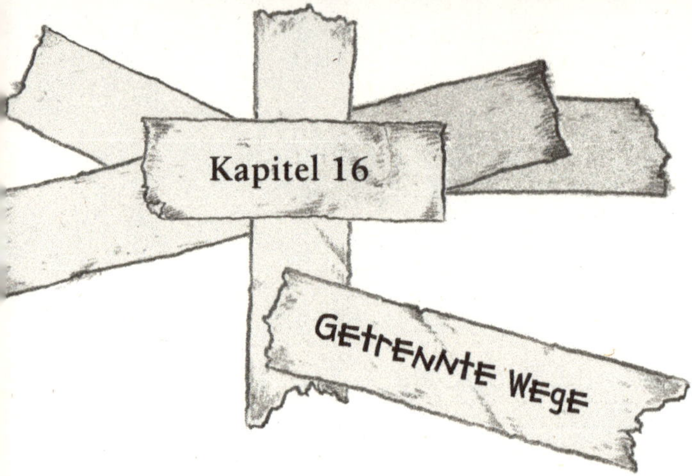

Wenig später saßen sie vor dem Café Kandis und überlegten, wo sie die restlichen Maipupus aufspüren konnten. Da es erneut zu hageln begonnen hatte, waren sie auf die Terrasse der kleinen Konditorei geflohen und hatten sogar noch einen Tisch ergattert. Die Bedienung, froh, ihren Besen wiederzuhaben, stieß mit dem Stiel die Bonbons von der Markise, die sich dort angesammelt hatten.

Neben ihnen saßen die drei Demonstrierenden und teilten sich einen Freundschaftsbecher. Etwas weiter entfernt saß Herr Ölmez, der ehemalige

Bürgermeister, und las im Boringer Boten. Die Titelseite zeigte ein Bild des von bunten Hagelkörnern übersäten Marktplatzes.

Nemo seufzte. Morgen würde in der Zeitung sicher ein Foto seines strauchelnden Vaters zu sehen sein.

„Ich glaube, der Schauer hat aufgehört." Oda lugte unter der Markise hervor.

„Prima!" Fred schob sich das letzte Stück Käsekuchen in den Mund und tippte mit der Fingerkuppe die Krümel vom Teller. Fürsorglich verfütterte er sie an Hicks. „Dann können wir ja weiter auf die Suche gehen."

„Alles klar." Nemo schlürfte seinen Eistee aus. Er war froh, dass er und sein bester Freund wieder an einem Strang zogen. Seit dem Sturz von Nemos Vater hatte auch Fred kapiert, dass das Wetter so schnell wie möglich gestoppt werden musste. Selbst wenn das bedeutete, dass der Actionlauf vielleicht doch noch stattfinden konnte.

„Am besten, wir teilen uns auf", schlug Oda vor

und nahm einen letzten Schluck aus ihrer Kakaotasse. Auf ihrer Oberlippe blieb ein dicker Schoko-Schnurrbart zurück. „Ich gehe in die Musikschule und übernehme die musizierenden Maipupus. Ich habe sowieso Klavierunterricht, da kann ich gleich ein wenig herumschnüffeln."

„Und mir suchenz Mippi!", rief Hicks aus Freds Tasche.

„Pssst!" Fred sah ihn streng an.

Etwas verständnisvoller raunte Nemo dem Winzling zu: „Du vermisst sie wohl sehr?"

„Und obs!" Hicks setzte einen traurigen Blick auf. „Aber wo kunstse sein?"

„Vielleicht beim Friseur?", überlegte Nemo. „Oder in der Schminkabteilung vom Supermarkt."

„Geht's noch?" Odas dunkle Augenbrauen zogen sich verärgert zusammen. „Was sind denn das für Vorurteile?"

„Wieso?" Nemo verteidigte sich: „Immerhin hatte Mippi ein Parfümfläschchen in der Hand."

„Vielleicht war es auch ein Reagenzglas!" Oda

leckte sich den Bart von den Lippen. „Kann ja sein, dass sie Chemikerin ist."
„Nix!", widersprach Hicks. „Mippi brauts Eier und Milk zamm. Sie stellt weltbest Stinkbombs her."
„Na bitte", sagten Nemo und Oda gleichzeitig.
Energisch stand Oda auf. „Sucht also lieber da, wo gearbeitet wird. Schließlich hat Seki erklärt, dass sich die Mais um alles kümmern." Wütend stapfte sie zur Bedienung und beglich die Rechnung für alle. Ohne sich noch einmal umzudrehen, dampfte sie ab.
Bestürzt sah Nemo ihr hinterher. Was er auch tat, er konnte nicht mehr bei Oda punkten. Erst hatte sie ihn in dem bescheuerten Kittel gesehen, dann hatte er sich voll vor ihr auf die Schnauze gelegt und jetzt redete er nur noch Stuss daher.
Schlecht gelaunt verließ er hinter Fred das kleine Café und machte sich mit ihm und Hicks auf die Suche nach weiteren Maipupus. Höchste Zeit, dass er ein Erfolgserlebnis hatte!

Wie Oda es vorausgesagt hatte, fanden sie die Mais vor allem dort, wo gearbeitet wurde: in Büros und Läden, auf Äckern und in Gärten. Sie schrubbten Böden, sammelten Holz oder misteten Kaninchenställe aus. Einige Mais entdeckten sie im Krankenhaus, wo es hoch herging, da viele Platzwunden versorgt werden mussten. Die Pus dagegen waren eher auf Trampolinen und Schaukeln zu finden, auf dem Klettergerüst im Stadtpark, der Zapfsäule der Tankstelle und dem Sprungbrett im Schwimmbad. Und die Maipus waren überall dort, wo es ums Feiern ging: in der Popcorn-Maschine des Kinos, in Claudios Eisdiele und im großen Festsaal des Hotels Krone. Nur Mippi war nirgendwo mit dabei.

„Booch!“ Enttäuscht ließ Hicks den Kopf hängen.

„Wie viele haben wir?“, erkundigte sich Nemo, als sie an Herrn Kriegelsteins protziger Villa vorbeikamen.

„Moment.“ Fred blieb stehen, um auf der Liste nachzusehen. Doch noch bevor er eine Antwort geben konnte, öffnete sich das elektrische Einfahrtstor und ein dicker Wagen schob sich an ihnen vorbei. Hinter dem Steuer klemmte der Besitzer der Boringer Fahrradmanufaktur und hupte, obwohl sie längst zur Seite gesprungen waren.

„Trottel!“, schimpfte Nemo dem Wagen hinterher, als ihm plötzlich eine großartige Idee kam. „Los, das ist die Gelegenheit!“, zischte er und zerrte Fred zum Garagentor, das sich leise surrend vor ihnen schloss. „Vielleicht finden wir Tikki in der Garage.“

Er schmiss sich auf den Boden und rollte durch den kleiner werdenden Torspalt hindurch. Wie der Held eines Actionfilms!, dachte Nemo. Nur schade, dass Oda ihn so nicht sehen konnte!

„Oh, Mann! Muss das sein?“ Unwillig stellte Fred seinen Besen zur Seite. Lustlos legte er sich auf den Boden und kullerte Nemo hinterher. Im Inneren sprang er sofort wieder auf und klopfte sich die Bonbons vom Kunstpelz seiner Großmutter.

„Wupi!“ Neugierig spähte Hicks aus der Umhängetasche. Sein Pfiff hallte durch den großen Raum. „Wo sinz ma hier?“
„In einer Garage.“ Nemo sah sich um und wartete, bis sich seine Augen an die Dunkelheit gewöhnt hatten. Aber bereits im Halbdunkel konnte er erkennen, dass die Dreifach-Garage mit den Oberlichtern nigelnagelneu war. Alles war ordentlich aufgeräumt, die Luft trocken, wobei es angenehm nach Autopolitur roch. Nemo erinnerte sich, dass Herrn Kriegelsteins alte Garage beim großen Schneefall eingestürzt war und den Jaguar unter sich begraben hatte. Inzwischen war sie schöner und größer wieder aufgebaut worden und auch die Autos schienen ersetzt worden zu sein. Nemo erkannte einen amerikanischen Oldtimer und weiter hinten ein Käfer-Cabrio.
Ein Brummen erklang.
Nemo lauschte.
„Kommt Kriegelstein zurück?“, wisperte Fred ängstlich.

„Nope." Nemo schüttelte den Kopf. Er kannte das Geräusch! Es war genau das gleiche Sprotzen, das er im Wagen seiner Eltern gehört hatte. Geduckt schlich er sich an das Cabrio heran und achtete darauf, nicht im Rückspiegel zu sehen zu sein.

Tikki! Tatsächlich!

Die winzige Mai mit den pinkfarbenen Haaren saß auf dem Lenkrad des offenen Wagens und ahmte ein Motorengeräusch nach. Hinter ihr, auf der Lehne des Sitzes, hockten mehrere Pus und amüsierten sich prächtig. Immer, wenn Tikki ihr winziges Lenkrad herumriss, legten sie sich in die Kurve und kreischten vor Vergnügen.

Mit angehaltenem Atem schlich Nemo näher heran.

Diesmal wollte er es nicht vermasseln! Am besten, er versuchte es mit einem Trick.

Urplötzlich tauchte er neben dem Wagen auf, deutete auf das Wandregal und schrie: „Vorsicht, Blitzer!"

„Aaacks!" Tikki lehnte sich zurück und trat auf

eine eingebildete Bremse. Erschrocken glotzten alle Maipupus in dieselbe Richtung. Nemo nutzte ihre Unaufmerksamkeit und pflückte sie von der Lehne wie Himbeeren von einem Strauch.
„Erwischt!“ Triumphierend versenkte er sie in Freds Tasche.
„Ich glaub's ja nicht!“ Fred starrte ebenfalls ins Regal.
Nemo kicherte. „Das war doch nur ein Ablenkungsmanöver! Es gibt gar keinen Blitzer.“
„Schon klar.“ Fred bedachte Nemo mit einem abschätzigen Blick. Etwas ganz anderes fesselte seine Aufmerksamkeit.
Er trat näher an das Regal und griff in eine Kiste. „Was haben wir denn hier?“, rief er erfreut.

„Wo habt ihr die her?“, fragte Oda aufgeregt, als sie sich am späten Nachmittag wieder im Café Kandis trafen. In der Musikschule hatte sie mehrere Maipupus mit Instrumenten eingesammelt und sie zu den anderen in Freds Tasche gesteckt. Jetzt saß sie mit den Jungs unter der gestreiften Markise und starrte auf die Bonbontüten, die Nemo und Fred vor ihr ausgebreitet hatten.

„Aus Herrn Kriegelsteins Garage", sagte Nemo, froh, endlich ein Erfolgserlebnis verkünden zu können. „Er hatte eine ganze Kiste davon. Meint ihr, er ist der geheimnisvolle Spielzeugdieb?"

Oda überlegte. „Und wo ist da der Zusammenhang?"

„Keine Ahnung." Nemo zuckte die Schultern. „Das ist mehr so ein Bauchgefühl. Schließlich hat Herr Kriegelstein oft vom verrückten Wetter profitiert."

„Inwiefern?"

Nemo dachte nach. Er hasste den stinkreichen Unternehmer, der nebenbei auch noch ein furchtbarer Angeber war. In seiner Fabrik vor den Toren Borings stellte er Fahrräder her und manchmal auch andere Dinge. Herr Kriegelstein hatte immer den richtigen Riecher für den neuesten Trend. „Erst neulich, als die Schwerkraft schwächer wurde, hat er Skischuhe und Bratpfannen zusammengeklebt und sie als ‚Boringer Pfannenschuhe' verkauft", ereiferte er sich.

„Und ... und ..."

„Und?" Oda verschränkte abwartend die Arme.

„Und außerdem ist er mir unsympathisch."

„Das ist doch kein Grund", erwiderte Oda. „Wenn es danach ginge, kämen auch Frau Dr. Spargel und Herr Löcherl als Spielzeugdiebe infrage."

Fred sprang Nemo zur Seite: „Aber Herr Kriegelstein hat auch Schleimi entführt und unseren Universalschleim kopiert."

„Genau." Nemo lächelte seinen Freund dankbar an. „Und an Dragos Entführung war er auch beteiligt."

„Draga!", korrigierte Oda und nickte.

Nemo kam in Fahrt: „Und du musst zugeben, dass es mehr als merkwürdig ist, dass Herr Kriegelstein ausgerechnet *die* Bonbons in seiner Garage hat, aus denen die Maipupus stammen."

„Na gut." Seufzend löste Oda die Arme aus der Verschränkung. „Es ist ein Anfangsverdacht", gab sie zu. „Dann lasst uns diesem Verdacht nachgehen."

Erfreut sprang Nemo auf.

Auch Oda erhob sich und zupfte ihre Daunenjacke zurecht.

Fred sah die beiden schockiert an. Er hatte überhaupt nicht darüber nachgedacht, worauf die Sache hinauslief ...

Kapitel 17

Herumschnüffeln

Die ganze Stadt war vom Dröhnen der Schneeräumer erfüllt, die Franz Ach extra aus Dickstein hatte kommen lassen, um die kleineren Kehrmaschinen zu unterstützen. Lärmend türmten sie auf den Gehwegen riesige Bonbonberge auf. Erst als die Freunde die Stadtgrenze erreicht hatten, ließen der Hagel und der Lärm etwas nach.

Zuerst hatten sie Hicks und die anderen Maipupus zu Nemo nach Hause gebracht und sie auf die Insel Quinsel gesetzt, die noch weitere Maipupus angelockt hatte. Dann hatten sie ihre Fahrräder geschnappt und die Stadt Richtung Nordosten verlassen. Sie folgten der Bundesstraße und bogen hinter der großen Brücke in Herrn Kriegelsteins Fabrikgelände ein.

„Und was genau wollen wir hier tun?", fragte Fred ängstlich, während sie ihre Fahrräder ins Gebüsch schmissen. Zum Glück war es bereits Abend und die Belegschaft längst ausgeflogen.

„Na, ein wenig herumschnüffeln", antwortete Oda, als wenn es sich dabei lediglich um einen Sonntagsspaziergang handelte. In geduckter Haltung folgte sie Nemo, der leise um das alte Backsteingebäude herumhuschte. Etwas weniger abenteuerlustig stapfte Fred hinter ihnen her.

„Aber was, wenn Herr Kriegelstein hier aufkreuzt?", wisperte er, während Nemo und Oda auf der Rückseite des Gebäudes nach einem geeigneten Einstieg suchten. Nervös sah er sich um. „Immerhin ist er vorhin von zu Hause weggefahren. Vielleicht wollte er hierher?"

„Der Parkplatz war doch leer", beruhigte ihn

Nemo und blieb unter einem Fenster mit zerbrochener Glasscheibe stehen. „Hilf uns lieber!" Mit vereinten Kräften schleppten sie vier herumliegende Euro-Paletten heran und legten sie übereinander. Nemo griff einen Stein und kletterte auf den Stapel, um die letzten Glassplitter aus dem Fensterrahmen zu brechen. Als er sich sicher war, dass man sich nicht mehr verletzen konnte, zog er seine Freunde auf die Paletten und half ihnen durch die Öffnung. Er selbst schwang sich als Letzter auf das Sims. Mit einem heldenhaften Satz landete er im Gebäude. Leider wieder, ohne Odas Bewunderung zu ernten. Ihre Aufmerksamkeit lag voll und ganz auf Fred, der plötzlich laut aufheulte.

„Was ist?" Besorgt beugte sich Oda über ihn. „Hast du dir was gebrochen?"

„Nein." Fred hob seinen Finger. Ein nähnadeldünnes Stück Holz steckte in der Kuppe. „Ich hab einen riesigen Splitter. Wir müssen die Aktion abbrechen!"

„Stell dich nicht so an!“ Nemo griff nach dem Holzstück.
„NICHT ANFASSEN!“ Hastig zog Fred seine Hand weg.
„Moment mal.“ Oda sah sich um. „Wo ist er?“
„Wer?“, schniefte Fred.
„Na, der Splitter.“
„Da!“ Nemo deutete auf den Boden. „Er ist von alleine heruntergefallen. Steckte wohl doch nicht so tief.“
„Oh!“, hauchte Fred überrascht.
Nemo lachte spöttisch. „Das erspart uns die Amputation. Sag mal ... worauf sitzt du da eigentlich?“ Er deutete auf eine Metalltonne. Zwischen Freds baumelnden Beinen stand das Wort AUSSCHUSS. „Sieht nicht so aus, als ob hier Fahrräder hergestellt würden.“
„Stimmt.“ Oda gab Nemo recht. Neben der Tonne stand eine riesige Produktionsstraße, die mit grauen Planen abgedeckt war. Sie füllte die Halle fast bis zur Hälfte aus. Die andere Hälfte stand

leer. „Sieht eher so aus, als wenn wir in einem stillgelegten Teil der Fabrik gelandet wären."
„Und was wurde hier hergestellt?" Nemo riss eine der Planen herunter. Eine Staubwolke wirbelte auf.
Eilig drückte Fred Mund und Nase in seine Armbeuge, um nicht husten zu müssen. Verwundert blickte er auf das Fließband, das unter der Plane zum Vorschein kam. Über dem Band schwebte ein Metallarm mit mehreren Düsen.
„Irgendwas Flüssiges", vermutete Oda. Sie zog eine weitere Plane herunter und brachte einen Kessel zum Vorschein. An den Rändern klebte eine eingetrocknete Masse.
„He! Ich glaub, ich weiß, was das ist!" Fred rutschte von der Tonne und suchte nach etwas, mit dem er den Deckel aufstemmen konnte. Er fand eine Stange, als plötzlich ein lautes Donnern die Halle erfüllte. Eine schwere Metalltür am anderen Ende des Raumes öffnete sich und schabte über den staubigen Boden. Eine

dröhnende Stimme erklang: „Und hier ist die alte Produktionshalle."

Die Freunde erstarrten.

Herr Kriegelstein erschien in der Tür, begleitet von einem Jungen mit zwei Spielzeugfiguren im Arm. Korbinian!, schoss es Nemo durch den Kopf. Sie hatten Herrn Kriegelsteins Neffen schon einmal gesehen. Per Video, als sie ihn zu *Icy Ice-Monsta* befragt hatten. Korbinian hatte den Spielzeug-Yeti zum Geburtstag bekommen – zusammen mit *Arkas*, dem Bärenkrieger, der auf Knopfdruck die Krallen ausfahren konnte. Eigentlich lebte Korbinian im Nachbarsort Dickstein, aber offensichtlich hatte sein Onkel ihn für einen Besuch nach Boring geholt. Womöglich wollte Korbinian am Actionlauf teilnehmen.

„Was machen die denn hier?" Korbinian zeigte mit Arkas und Icy in ihre Richtung.

„Das würde ich auch gerne wissen!" Zielstrebig stapfte Herr Kriegelstein auf sie zu.

Hilfe suchend sahen Nemo und Fred zu Oda.

Aber noch bevor ihr eine Ausrede einfallen konnte, polterte Herr Kriegelstein schon los: „Seid ihr von allen guten Geistern verlassen? Hier gibt es Maschinen mit gefährlichen Walzen!"
Breitbeinig blieb er vor ihnen stehen und stemmte die Fäuste in die Hüften. Vorwurfsvoll quollen seine Augen aus den Höhlen. „Nicht, dass ihr eure zarten Fingerchen da reinbekommt!"
Nemo schluckte. War das eine Warnung oder eine Drohung?
„Zwooooosch!" Korbinian drückte auf Arkas' Rücken und fuhr dessen Krallen aus. Dazu grinste er dämlich. „Eine Fabrik ist kein Spielplatz!", sagte er altklug.
„Das wissen wir!", meldete sich Fred nicht weniger altklug zu Wort. Er hob die Metallstange und deutete damit auf das Fließband. „Wenn mich nicht alles täuscht, ist das hier eine Produktionsstraße ... für Bonbons!" Bedeutungsvoll sah er seine Freunde an. „Und hier drin", er zeigte auf die AUSSCHUSS-Tonne, „sind wahrscheinlich die

zerbrochenen Exemplare, die Sie nicht mehr verkaufen konnten."

„Na, du bist ja ein ganz Schlauer!" Herr Kriegelstein lächelte amüsiert. „Und wegen ein paar zerbrochener Bonbons steigt ihr hier ein?" Seine Stimme klang wieder bedrohlich. Er beugte sich über Fred, dessen Mut ihn so schnell verließ, wie er gekommen war. Eingeschüchtert wich Fred ein paar Schritte zurück und ließ die Metallstange fallen. Ein lautes Scheppern klingelte in ihren Ohren.

Nemo bückte sich eilig und hob die Metallstange wieder auf. Was auch immer in den nächsten Minuten geschah, mit ihr fühlte er sich eindeutig besser.

Oda schlug einen versöhnlichen Ton an: „Bitte entschuldigen Sie. Wir sind einfach nur die weltgrößten Fans Ihrer Bonbons. Wir lieben diese kleinen Figuren."

„Die Maipupus?", fragte Herr Kriegelstein verwundert.

Oda nickte eifrig. „Wir haben fast alle gesammelt! Es fehlen uns nur noch ein paar. Vor allem die Königin! Und da es die Bonbons nicht mehr zu kaufen gibt …“ Sie hob entschuldigend die Schultern.

„… habt ihr gedacht, ihr findet hier noch welche.“ Herr Kriegelstein beendete ihren Satz.

Oda nickte schüchtern.

Der Unternehmer lachte laut auf. „Na, dann gehört ihr aber zu den Wenigen, die was mit dem Zeug anfangen können. Selbst Korbinian hat die Dinger gehasst. Ob mit oder ohne Figuren, kein Schwein wollte sie kaufen. Also hab ich die Produktion der Bonbons wieder eingestellt.“

Nemo fiel Odas Theorie wieder ein: „Und die Königin gibt's gar nicht, stimmt's?“

„Doch!“ Herr Kriegelstein kratzte sich an der Wampe. „Allerdings nur ein einziges Mal. Ich wollte sie erst auf den Markt bringen, wenn alle anderen Tüten verkauft sind. Aber das wird wohl nie passieren. Die Läden haben meine Bonbons aus dem Sortiment genommen", bedauerte er, „und jetzt, wo sogar welche vom Himmel fallen, werde ich auf den restlichen Tüten ewig sitzen bleiben. Wenn ihr wollt, könnt ihr sie haben. Die Dinger haben mir eh kein Glück gebracht. Und bei mir in der Garage vergammeln sie nur."

„Oh, das ist aber sehr lieb von Ihnen", bedankte sich Fred und versteckte hastig die Umhängetasche auf dem Rücken. Darin knisterten die Tüten, die sie längst eingesteckt hatten – auch ohne Herrn Kriegelsteins Erlaubnis.

Kapitel 18

Ein ungeheuerlicher Verdacht

Am nächsten Morgen standen sie früh auf und trafen sich bei Nemo zu Hause, dem einzig sturmfreien Ort in ganz Boring. Da draußen weiter der Hagel wütete, ging kaum jemand raus und auch Franz Ach rief die Bürger und Bürgerinnen via TV Kabeljau dazu auf, den Samstag lieber zu Hause zu verbringen.
Freds Mutter war nicht zur Arbeit gegangen und die Dreharbeiten von Odas Eltern wurden abgesagt. Nur Nemos Eltern hielten den Supermarkt weiterhin geöffnet, um die Menschen in Boring mit dem Nötigsten zu versorgen.

„Herr Kriegelstein ist so ein Arschkrapfen", schimpfte Fred, während er auf dem Sofa der Pinkowskis lümmelte und ein Bonbon nach dem anderen lutschte. Er hatte sich fest vorgenommen, in Kriegelsteins Tüten die Königin zu finden. Seki würde sich sicherlich riesig darüber freuen. „Auch wenn er nur der Hersteller der Bonbons ist und nicht der Dieb", fuhr Fred fort, „wie fies ist das denn, die Königin bis zum Schluss zu behalten?"

„Stimmt." Oda nickte. Sie kniete zwischen dem Hamsterkäfig, den sie aus Nemos Zimmer geschleppt hatte, und der Insel Quinsel, die auf dem Couchtisch ausgebreitet war. Aufmerksam zählte sie noch einmal alle Maipupus durch, um herauszufinden, wie viele noch fehlten. Hicks half dabei, kam aber nie weiter als bis „Fümpf".

Nemo, der auf der Suche nach den restlichen Winzlingen das gesamte Wohnzimmer umkrempelte, machte sich über ihn lustig: „Wie kann man denn Zeremonienmeister werden, wenn man nicht mal seine Gäste zählen kann?"

„Eben deshalps!“, rief Hicks. „Gutti Fests missen ausufern! Sie wern mit Großziegigkeit und Liebe orgieriert.“

Er sprang Nemo auf die Schulter und drückte ihm einen Schmatz auf die Nasenspitze.

Oda und Fred kicherten.

Nemo schnippte den Winzling herunter und zog ein paar Schubladen auf. Er musste unbedingt noch heute die letzten Maipupus finden, damit am Nachmittag der Actionlauf stattfinden konnte.

„Wer, glaubt ihr, kommt sonst noch als Dieb infrage?“, lenkte er ab.

„Irgendjemand, der von alldem profitiert“, meinte Fred und steckte sich ein weiteres Bonbon in den Mund. „Herr Lieblich zum Beispiel. Hat Hubsi nicht gesagt, dass er seit den seltsamen Vorfällen in Boring viel mehr Zeitungen verkauft?“

„Ja, ich erinnere mich!“ Oda zupfte ein paar Maipupus von der Insel Quinsel und setzte sie in den Hamsterkäfig. „Oder Herr Sammer-Vielhing.“

„Der Immobilienmakler?“ Erstaunt drehte sich Nemo zu ihr um. „Warum denn der?“
„Weil er Latein kann“, meinte Oda und glich die gesammelten Maipupus mit der Liste ab. Nemo wunderte sich immer wieder, wie sie mehrere Sachen gleichzeitig tun konnte. Ganz nebenbei sagte sie: „Als er sich mit Frau Fasching getroffen hat, hat er zumindest ein lateinisches Sprichwort benutzt.“
„Na und?“ Skeptisch zog Nemo einen Mundwinkel nach oben. „Wieso macht ihn das verdächtig?“
„Denk doch mal nach!“ Oda sah ihn an. „Der geheimnisvolle Dieb schreibt immer ‚an Niemand‘ auf die Päckchen. Er weiß also, dass ‚niemand‘ auf Lateinisch ‚nemo‘ heißt.“
„Wenn die Päckchen überhaupt für Nemo sind“, mischte sich Fred ein.
„Hm …“ Nachdenklich sah Nemo aus dem Wohnzimmerfenster. „Oder es ist Maries Vater?“
Er deutete rüber zum Nachbarsgrundstück, wo

Herr Pütz durch den Hagel zur Haustür hetzte. Schützend hielt sich sein Nachbar ein paar zusammengefaltete Pappkartons über den Kopf. „Ich frage mich, wozu er so viele Kisten braucht."
„Apropos Kisten ..." Fred pfriemelte sich ein klebriges Maipupu-Figürchen aus dem Mund und betrachtete es interessiert. Leider war es wieder nicht die Königin. Enttäuscht warf er es in eine Schüssel und steckte sich das nächste Bonbon in den Mund. „Frau Löcherl hat auch ziemlich viele Päckchen verpackt", sagte er schmatzend. „Ich wüsste zu gern, was eine Zahnarztpraxis zu verschicken hat."
„Bestimmt kein gestohlenes Spielzeug", sagte Nemo. „Sonst hätte sie mit dem Yeti ja ihren eigenen Sohn beklaut."
„Eltern sind zu allem fähig", beharrte Fred. „Und sie kam besonders gut an den Yeti heran! Außerdem hatte sie Päckchen und Paketband zur Verfügung."
„Das haben Franz Ach und Frau Ücke auch",

meinte Oda. „Bei der Post haben sie den ganzen Tag damit zu tun."

„Und nicht nur die", sagte Nemo. „Klebeband kann man überall kaufen. Sogar bei uns im Supermarkt. Selbst Hubsi hat neulich welches gekauft."

„Ach ja?" Fred wurde hellhörig. „Das wird ja immer bunter! Und Hubsi hat schon früh gewusst, wie das Wetter wird. Erinnert ihr euch? Am Mittwoch, als wir bei mir im Wohnzimmer die Maipupus ausgepackt haben, hat er angekündigt, dass es hageln wird."

„Ja!" Oda pflichtete ihm bei. „Hubsi hatte einen Helm auf dem Kopf und jemand hat ihm Eiswürfel draufgeworfen."

„Jetzt chillt mal!" Nemo spürte Ärger in sich hochkochen. Niemand griff ungestraft sein großes Idol an! „Das Wetter vorauszusagen, ist für einen Wettermann ja wohl völlig normal!"

„Aber ausgerechnet Hagel?" Oda runzelte die Stirn. „Das ist schon sehr verdächtig, das musst du zugeben! Außerdem profitiert Hubsi vom komischen Wetter genauso wie der Chefredakteur des Boringer Boten. Schließlich ist er deshalb weltberühmt geworden."

„Ihr spinnt ja!" Wütend durchwühlte Nemo weiter die Schubladen und ging trotzig zum Gegenangriff über: „Dann könnte es genauso gut Herr Ölmez sein. Oder Freds Vater."

„Mein Vater?" Fred gluckste belustigt. „Ein geheimnisvoller Spielzeugdieb?"

„Jepp." Nemo schien diese Möglichkeit auf einmal gar nicht mehr so unwahrscheinlich. „Schließlich hasst er Plastik-Spielzeug und will, dass Kinder mehr mit natürlichen Materialien spielen."

„Ach du heiliger Bimbam!" Fred verging das Lachen. Bestürzt sah er Nemo an. „Du hast recht! Mein Vater hat mir immer nur praktische Dinge geschenkt. Oder Spielzeug aus Holz." Er wurde ein wenig blass um die Nase. „Ich war sogar im Waldkindergarten."

Nemo tat sein Verdacht auf einmal leid.

„Spaß!“, ruderte er eilig zurück. „Das habe ich doch nur gesagt, weil du Hubsi angegriffen hast.“
„Ach so.“ Nicht wirklich beruhigt lehnte sich Fred in die Polster zurück. „Ich wünschte, wir könnten alle Verdächtigen mit einer Videokamera überwachen. Dann würden wir schnell herausfinden, wer mit der Sache zu tun hat.“
Er holte ein weiteres freigelutschtes Maipupu aus dem Mund.
„Und?“, fragte Oda.
Fred schüttelte den Kopf. „Schon wieder ein Bodybuilding-Maipupu. Von der Sorte gibt es mehr als genug.“ Er warf die Figur zu den anderen in die Schüssel und trank einen Schluck Wasser hinterher. „Bäh, die Dinger sind echt furchtbar klebrig.“
Oda lachte. „Die Lebendigen auch.“
Sie streifte das letzte Maipupu vom Finger und ließ es in den Hamsterkäfig plumpsen. „*Bitte nicht öffnen – Klebrig* hätte definitiv besser gepasst.“ Schmunzelnd schloss sie das Gittertürchen.

„Moment mal!" Nemo kam eine großartige Idee. „Erinnert ihr euch an das Baby-Maipupu, das bei Frau Pütz im Nacken klebte? Auch wenn wir keine Videokameras haben, ich glaube, ich weiß, wie wir die Verdächtigen belauschen können." Er lächelte Fred an. „Das wird deinen Vater entlasten. Und Hubsi auch."

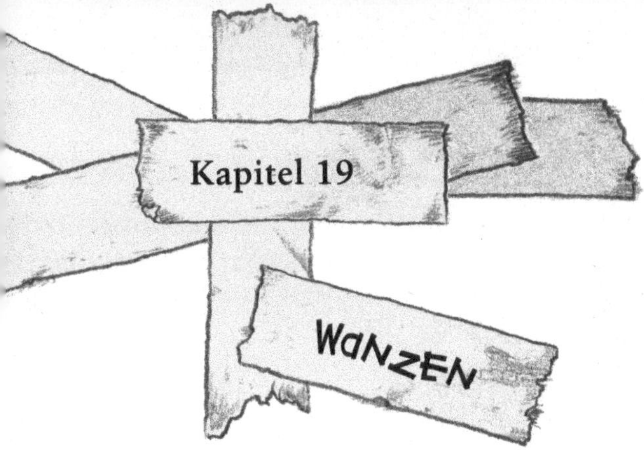

„Wir nutzen die Maipupus als Wanzen – wie winzige Abhörgeräte!“ Nemo öffnete den Küchenschrank und verteilte Tupperdosen. „Wir schnappen uns ein paar und kleben sie den Verdächtigen irgendwohin. Wenn sie zurückkommen, können sie uns berichten, was sie gesehen und gehört haben.“

„Tippitoppi!“ Oda erklärte sich freiwillig dazu bereit, gleich vier Verdächtige zu übernehmen. „Mit etwas Glück finden wir nicht nur den Bösewicht, sondern auch die restlichen Winzlinge!“ Sie beugte sich über den Hamsterkäfig und suchte sich Maipupus aus wie Pralinen aus einer Schachtel. Sie wählte das tomatenrote, das rundliche mit dem Bauhelm, das karierte mit dem Bleistiftstummel hinter dem Ohr und das zitronengelbe, das permanent an irgendetwas herumwienerte.

„Mir treffzich danach auf de Insel Quinsel!"

Während Hicks seine Artverwandten darauf einschwor, so schnell wie möglich zurückzukommen, entschied sich Fred für das lilafarbene mit den spitzen Zähnen, das lilablassblaue mit den Sportschuhen und Tikki.

„Dann bleiben ja nur noch zwei Verdächtige für mich", sagte Nemo. „Umso besser!" Er fischte das Bodybuilding-Maipupu aus dem Käfig und überlegte, welches er noch nehmen sollte.

„Wazn mit meine Wichtigkeit?", rief Hicks.

Nemo sah ihn verwundert an. „Du willst mitkommen?"

„Pologo!"

„Na gut." Nemo hängte sich Freds Tasche um und

folgte seinen Freunden aus dem Haus. Noch bevor sie die Pfeffergasse verlassen hatten, schaffte er es, Herrn Pütz das Bodybuilding-Maipupu auf den Rücken zu kleben.

Am Ende der Straße verabschiedete sich Oda und machte sich auf den Weg, um der Reihe nach Frau Löcherl, Frau Ücke, Herrn Sammer-Vielhing und Herrn Lieblich mit den winzigen Wanzen auszustatten. Keine leichte Aufgabe, wie Nemo fand, aber er war sich sicher, dass Oda jedes Mal eine super Ausrede einfallen würde.

Fred und er gingen zu TV Kabeljau, wo sie den Bürgermeister und Hubsi Hubert vermuteten. Tatsächlich trafen sie Franz Ach in der Garderobe des Senders, wo er nach der Ansprache an die Bevölkerung abgeschminkt wurde. Hubsi dagegen war ausgeflogen, um am Boringer Weiher seine Sendung aufzuzeichnen.

Nemo und Fred klebten dem Bürgermeister Tikki in die nachwachsenden Dreadlocks, dann beschlossen sie, sich ebenfalls zu trennen.

Nemo folgte dem Weg hinter den Imbissbuden Richtung Weiher, während Fred zum Marktplatz abbog, um seinen Vater zu suchen.
Er fand ihn auf den Stufen des Rathauses, wo er unter dem Vordach saß und geknickt auf das aufgeblasene Zieltor starrte.
„Der Actionlauf fällt wohl leider ins Wasser“, seufzte er traurig, als Fred sich neben ihn setzte.
„Gib nicht auf!“ Tröstend legte Fred seinem Vater eine Hand auf die Schulter und klebte ihm dabei heimlich das lilablassblaue Maipupu unter den Kragen. Es fühlte sich nicht richtig an, seinen eigenen Vater auszuspionieren. Andererseits konnte er nur so dessen Unschuld beweisen.
„Glaub mir, bis heute Nachmittag ist der Hagel vorbei“, prophezeite er. Dann verabschiedete er sich eilig und machte sich auf den Weg ins Café Kandis.
Wie erwartet traf er Herrn Ölmez bei seinem üblichen Morgen-Smoothie. Diesmal im Gastraum, denn die Markise war längst eingezogen

worden. Wie immer war Herr Ölmez in die Lektüre des Boringer Boten vertieft, der heute mit der Schlagzeile aufmachte: *Mysteriöser Zucker-Hagel wirbelt alles durcheinander.* Ein Schnappschuss zeigte Nemos Vater, wie er kurz vor seinem Sturz auf dem Marktplatz herumwirbelte.
„Ist das Herr Pinkowski?“ Interesse heuchelnd sah Fred Herrn Ölmez über die Schulter. Unauffällig pappte er ihm das letzte Maipupu aufs Hemd.

„Wupi!“ Erstaunt ließ Hicks einen Pfiff los.
Auch Nemo staunte über das Naturschauspiel, das sich ihnen am Boringer Weiher bot. Der kleine See sah aus wie ein Topf mit kochendem Wasser. Jedes einzelne Hagelkorn verursachte eine Wasserfontäne, die mindestens zwanzig Zentimeter in die Höhe schoss.
Hubsi stand auf dem Steg, dick eingepackt in seine Eishockeyausrüstung, und wehrte mit einem Tischtennisschläger die Hagelkörner ab.
„Pingpong! Pingpong!“, rief er gut gelaunt und

grinste in die Kamera, die wie die Kamerafrau unter einer dicken Matratze verborgen war. „Das ist wohl die einzige Sportart, die Sie bei so einem Wetter ausüben können. Das Gute daran: Der Ball geht niemals verloren." Nemo kicherte.

„Besser ist es aber", fuhr der Wettermann fort, „Sie bleiben zu Hause und spielen Darts oder Schach. Ja, ganz richtig gehört, auch das sind offizielle Sportarten und *übrigens* die mit dem geringsten Verletzungsrisiko – vorausgesetzt, Sie bekommen keinen Pfeil ab!"

Nemo lachte laut auf und überlegte, wie er Hicks an den Moderator kleben konnte, als sich plötzlich ein Mann zu Hubsi ins Bild schob. Nemo erkannte den Demonstranten wieder, der sich weigerte, einen Helm aufzusetzen. Aufgebracht schrie der Mann in die Kamera: „Wer Bonbons für eine Gefahr hält, hält Zwergkaninchen für Monster!" Plötzlich traf ihn ein pflaumengroßes Bonbon unsanft am Kopf. Schwer wie ein Stein plumpste der Demonstrant ins Wasser.

TV
Kabeljau

Hubsi zögerte keine Sekunde.
Er sprang dem Mann hinterher und zog ihn wieder heraus. Geistesgegenwärtig schwenkte die Kamerafrau die Linse auf die beiden.
„Bravö!" Hicks applaudierte.
„Psst!" Nemo stopfte den Winzling tiefer in die Umhängetasche und überlegte, ob er ihn überhaupt noch als Wanze einsetzen sollte. Denn eines war jetzt schon sicher: Hubsi war kein Bösewicht. Er war ein Held! Andererseits ...
... lag da Hubsis Rucksack unbewacht auf dem Steg.

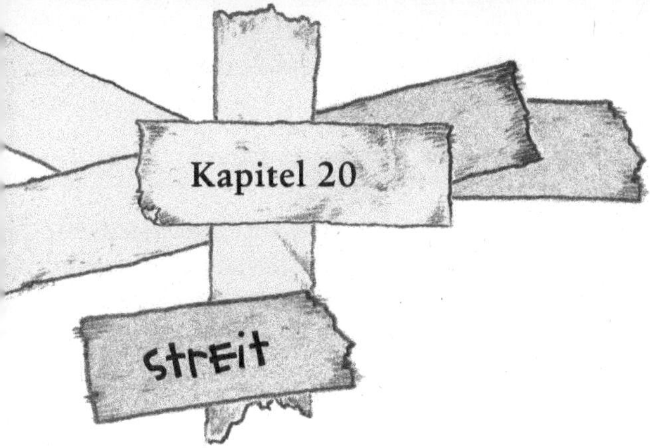

Wenig später lag Nemo mit angewinkelten Knien auf dem Wohnzimmerteppich und machte Sit-ups.
„Lauch. Spitzkohl. Rettich. Rote Bete."
Er keuchte.
Das grüne Maipupu mit dem Strohhut stand auf dem Sofa und deutete in Nemos aufgeklapptes Biobuch.
„Un wat was det?" Es zeigte auf eine seltsame schwarze Wurzel.
„Äh …" Nemo dachte kurz nach. In dem Moment schoss der Kuckuck aus seinem Uhrenhäuschen und pfiff zwölfmal! Auf dem hölzernen Vogel ritt

ein Maipupu mit Cowboyhut und schwang sein Lasso. „Jiiiiiihaaa!“

Nemo sprang auf und schnappte es.

„Erwischt!“, rief er Oda entgegen, die gerade ins Wohnzimmer schneite.

„Ich hab auch noch ein paar!“ Oda warf ihren Daunenmantel über die Sofalehne und schüttete den Inhalt ihrer Tupperdose in den Hamsterkäfig. Nemo setzte den kleinen Cowboy dazu.

„Hier ist auch noch eins.“ Fred kam aus dem Bad. „Wenn mich nicht alles täuscht, ist das Mippi!“

„Cool!“ Nemo betrachtete das zappelnde Wesen zwischen Freds Fingern. Wirklich, die kleine Mai glich bis aufs Haar der Figur, die Oda in seiner Garage freigelutscht hatte. Mippi war rosarot, hatte eine blonde Föhnfrisur und hielt ein winziges Reagenzgläschen umklammert. „Schade, dass Hicks nicht da ist“, seufzte Nemo. „Er würde sich so freuen!“

„Wo hast du sie gefunden?“, fragte Oda.

„Auf dem Klo“, sagte Fred stolz.

„Macht Sinn!“ Nemo grinste. „Schließlich stellt sie die weltbesten Stinkbomben her.“
„Haha.“ Fred guckte verärgert.
Mippi dagegen nickte zustimmend. Sie hielt Nemo ihr Reagenzgläschen unter die Nase und fragte: „Magst ’ne Probe?“
„Nein, danke.“ Angewidert wandte Nemo sein Gesicht ab. Fred kniete sich vor den Hamsterkäfig und ließ Mippi zu den anderen Maipupus plumpsen. Sofort stoben alle auseinander.
„Vorsicht, Stinkbombs!“, rief einer. „’s Mippi ist wieder da!“
Nemo fragte: „Wie viele haben wir jetzt?“
Oda zählte noch einmal durch. „91!“, jubelte sie. „Bis auf die neun Wanzen sind alle da.“
„Wupi, dupi!“ Nemo ahmte den Freudentanz der Maipupus nach. „Schalla-la-la hupi! Mit etwas Glück schlagen wir drei Fliegen mit einer Klappe“, rief er. „Wir finden den Bösewicht, beenden den Hagel und können doch noch am Actionlauf teilnehmen!“

Er setzte sich wieder auf den Flokati und fuhr mit den Sit-ups fort. Das grüne Maipupu deutete auf die Schautafel in seinem Biobuch.
„Sellerie. Tomate. Karotte."
Nemo keuchte.
„Spinat. Süßkartoffel. Ditti!"
Das Maipupu schüttelte den Kopf. „Det was a Radisel!", sagte es streng.
„Ja, schon." Nemo sprang auf. „Aber da kommt die erste Wanze zurück."
Er lief zur Terrassentür, drückte den Hebel herunter und ließ das lilafarbene Maipupu herein. Vorsichtig hob er es vom Boden und setzte es auf die Insel Quinsel. Dann nahm er neben Oda und Fred auf dem Sofa Platz.
„Was hast du gehört?" Ungeduldig knetete Oda ihre Finger.
„Oder gesehen?" Fred kruschtelte sich ein Bonbon aus der Tüte und kaute nervös darauf herum.
Doch der Bericht des Maipupus war eher enttäuschend.

Herr Ölmez war froh, nicht mehr Bürgermeister zu sein. Das Wetter-Chaos in Boring hatte ihm nur Ärger bereitet. Zudem waren ihm Gerüchte über seltsame Diebstähle zu Ohren gekommen. Sicherheitshalber hatte er die Spielsachen seiner Tochter in den Keller gesperrt.
„Das tut niemand, der selbst der Dieb ist!“, meinte Oda ernüchtert und wandte sich einem der anderen Spione zu, die der Reihe nach im Wohnzimmer eintrudelten. Aber kein Maipupu hatte etwas Besonderes zu berichten.
Das tomatenrote erzählte, dass Frau Löcherl lediglich Kleider zurückgeschickt hatte, das Bodybuilding-Maipupu, dass Herr Pütz die Kartons für einen Umzug brauchte. Wollte Nemos Nachbarsfamilie etwa die Stadt verlassen wie so manch andere Boringer? Das Maipupu mit dem Bauhelm jedenfalls berichtete, dass Herr Sammer-Vielhing kaum noch ein Haus verkaufte. Es war also unwahrscheinlich, dass der Makler der geheimnisvolle Spielzeugdieb war.

Erst als das karierte Maipupu zurückkam, glomm ein kleiner Hoffnungsschimmer in den Freunden auf. Geheimnisvoll flüsterte es: „Die Frau, wo Post brocht, hat heimlix Pläne."
„Ach ja?" Nemo richtete sich interessiert auf.
„Jeps." Das Maipupu kicherte verschämt. „Hochzitpläne! Peer Fekt hats ihr en Antrag gmekt."
„Ach so." Nemo sackte in sich zusammen.
Oda kicherte. „Hihi. Das ergibt einen komischen Namen."
„Wieso?" Fred spuckte ein freigelutschtes Baby-Figürchen auf den Tisch.
„Na, weil Herr Fekt dann Peer Ücke heißt."
„Aber nur, wenn er ihren Namen annimmt!", wandte Nemo ein. „Und das glaube ich kaum."
„Aha?" Oda sah ihn interessiert an. „Würdest du das nicht tun?"
Nemo spürte, wie er rot wurde. War das ein Heiratsantrag, oder was?
„Nemo Mandelbrot!" Fred steckte sich ein neues

Bonbon in den Mund. „Klingt doch gar nicht so schlecht!"

Nemo wurde ganz heiß. Er warf seinem Freund einen wütenden Blick zu. Warum sagte Fred so etwas Peinliches? Zum Glück kam in dem Moment das nächste Maipupu zurück.

Das zitronengelbe sprang auf den Couchtisch und wischte den klebrigen Fleck weg, den Freds Figürchen dort hinterlassen hatte. Empört erzählte es, was es beim Boringer Boten herausgefunden hatte: „Überol flust Staub rum! Un de Schrepptisch bist voll mi Kaffeflecks!"

„Sehr interessant!", stöhnte Nemo genervt, denn auch sonst hatte das Putz-Teufelchen wenig mehr zu berichten. Die Zeitung war seit den seltsamen Vorgängen in Boring zwar besser verkauft worden, aber nur außerhalb der Stadt. In Boring selbst hatten viele ihr Abo gekündigt.

„Wahrscheinlich haben die Menschen bei all dem Chaos keine Zeit mehr zum Lesen", vermutete Fred.

Nemo seufzte enttäuscht. „Niemand hat sich auch nur annähernd verdächtig gemacht."

„Warten wir's ab!", sagte Oda. „Es fehlt ja noch Tikki."

„Und das lilablassblaue." Fred sah seine Freunde unglücklich an. „Meint ihr wirklich, dass mein Vater ...?"

„Nein", sagte Nemo entschlossen. „Ich glaube, den können wir ausschließen."

Oda widersprach: „Als Detektivin schließe ich niemanden aus." Bedauernd sah sie Fred an. „Tut mir leid!"

„Schon gut." Fred schniefte. „Hicks ist ja auch noch nicht da. Vielleicht ist es Hubsi?"

„Auf gar keinen Fall!", fuhr ihm Nemo über den Mund. „Für Hubsi lege ich meine Hand ins Feuer. Er ist der Netteste überhaupt! Gerade erst habe ich gesehen, wie er jemanden aus dem Weiher gerettet hat."

„Okay, okay." Erschrocken ruderte Fred zurück und hob beschwichtigend die Hände.

Nemo schnaubte. „Wenn ihr ihn verdächtigt, könnt ihr genauso gut mich verdächtigen!"
„Du meinst, du hast dir die Päckchen selbst geschickt?" Fred sah ihn verwirrt an.
„Natürlich nicht! Vielleicht wart ihr es ja?" Nemo warf seinen Freunden einen provozierenden Blick zu.
Oda zeigte ihm einen Vogel. „Du tickst ja nicht mehr ganz richtig."
„Als Detektiv schließe ich niemanden aus", äffte Nemo sie nach.
„Ich finde, wir sollten jetzt gehen." Oda stand auf und zog ihren Mantel über. „Komm, Fred." Sie reichte ihm seinen Kunstpelz.
„Was?" Verzweifelt sah Fred zwischen seinen Freunden hin und her. Schließlich stand er auf und lächelte entschuldigend. „Ich muss eh noch ein paar Nofties fürs Kino machen. Ruf uns an, wenn die restlichen Maipupus da sind." Freundschaftlich knuffte er Nemo gegen die Schulter.

„Oder wenn du dich wieder beruhigt hast!“ Oda marschierte zur Haustür. Fred folgte ihr bedröppelt.

Nemo hielt sie nicht auf. Wer sich gegen Hubsi stellte, stellte sich auch gegen ihn!

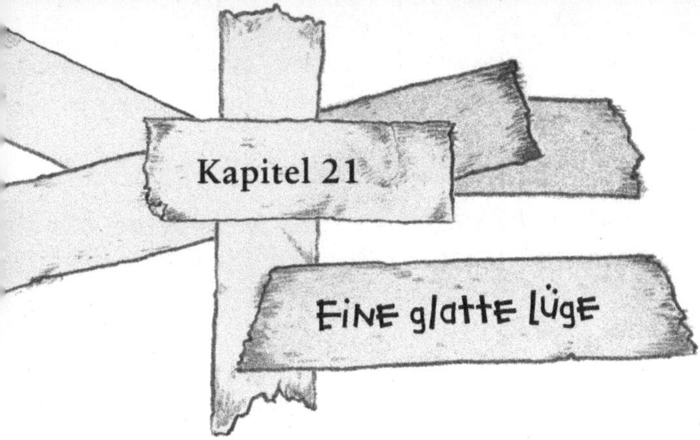

„Die haben sie doch nicht mehr alle!“ Wütend tigerte Nemo vor dem Sofa auf und ab, während draußen ein regelrechtes Bonbongewitter herunterging. Die bunten Geschosse zischten durch die Gärten und Gassen wie Nemos Flüche durchs Wohnzimmer. „Die wurden wohl von einem Bonbon getroffen! Verdächtigen den nettesten Menschen überhaupt!“, schimpfte er vor sich hin. „Jetzt spinnen sie total!“

Am meisten allerdings ärgerte sich Nemo über sich selbst.

Sie hatten alle Maipupus zusammen! Wäre er

nicht auf die blöde Idee mit den Wanzen gekommen, könnten sie Sekis Sammlung längst zurückbringen. Der Hagel würde aufhören und der Actionlauf könnte wie geplant stattfinden. Sicher hatte er gute Chancen auf einen Sieg!
Aufgebracht trat Nemo gegen ein Sofakissen. Nun war sein Traum, von Oda umarmt zu werden, so weit entfernt wie ein ...

KLIRR!

Nemo erschrak.

Weiter hinten im Haus war gerade ein Fenster zersprungen.

Mist! Alles ging kaputt.

Wo blieb nur Hicks?

Ungeduldig sah Nemo aus dem Fenster. Sein Blick glitt durch den zerstörten Garten. Der zuckrige Hagel zerschoss Blumenbeete, hieb Zweige von den Bäumen und köpfte die Gartenzwerge. Erneut kochte Wut in Nemo hoch. Das alles hatten sie Fred zu verdanken! Warum nur hatte er die verfluchte Kiste geöffnet?

Müde trabte Nemo zum Sofa zurück und schaltete den Fernseher ein. TV Kabeljau zeigte Bilder von verbeulten Autos, umgeworfenen Zeitungskästen und verklebten Büschen und Hecken. Überall pappten Bonbons. Die Stadt sah aus, als wäre sie von bunten Windpocken befallen.

„How-dee-doo!" Franz Ach erschien auf dem Bildschirm. Nemo versuchte zu erkennen, ob Tikki noch immer in seinen Dreadlocks klebte. Aber der Bürgermeister trug einen Helm. Freundlich und ruhig munterte er die Boringer auf.

Nemo wurde nachdenklich. Was, wenn er auch nicht der geheimnisvolle Spielzeugdieb war? Konnte es wirklich sein, dass Freds Vater etwas mit der Sache zu tun hatte? Nein. Nemo verwarf den Gedanken wieder. Sie mussten jemanden übersehen haben! Frau Dr. Spargel vielleicht?

Unruhig tigerte Nemo wieder durchs Wohnzimmer. Ohne seine Freunde kam er nicht weiter. Er fühlte sich alleingelassen. Vielleicht konnte Hicks helfen?

Ja! Nemo schnappte sich seine Jacke und stülpte sich die Mütze auf den Kopf. Er beschloss, sich auf die Suche nach dem Winzling zu machen und mit ihm Hubsis Unschuld zu beweisen. Kurz wartete er die nächste Hagelpause ab, dann machte er sich auf den Weg – den „Actionweg“.

Nemo schlüpfte zwischen Zaunlatten hindurch, huschte durch fremde Gärten und hüpfte von Busch zu Busch. Er drückte Maschendrahtzäune nieder, schlich an Wohnzimmerfenstern vorbei und kletterte von Mülltonnen auf Garagen. Während er gerade über ein Flachdach robbte, grübelte er darüber nach, warum Hicks nicht längst zurückgekommen war. Plötzlich hörte er ein Stimmchen.
„Schlaf gut, Lollo!“
Es klang ganz nah.
Nemo legte sich flach auf den Bauch und spähte nach unten. Vor der Garage stand ein Puppenwagen. Darin lag ein Teddybär. Ein kleines

Mädchen drückte dem Stofftier einen Kuss auf den Bauch. „Warte, ich hol dir noch eine Decke.“ Das Mädchen verschwand in der Garage.
Nemo kniete sich hin und sah auf die andere Straßenseite, wo Hubsis Häuschen lag. Dem steilen Dach fehlten mehrere Ziegel, die Fensterläden hingen schief in den Angeln, ein Birkenbäumchen wuchs aus dem Schornstein. Schon öfter hatte er sich gewundert, wieso der berühmte Fernsehmoderator in einem so verlotterten Häuschen wohnte. Wenigstens war der Vorgarten hübsch anzusehen. Er war von leuchtenden Lampionblumen und bunten Bonbons übersät. Hinter dem Wohnzimmerfenster, das zur Straße hin zeigte, brannte Licht. Zum Glück! Hubsi war also zu Hause. Ob Hicks immer noch an seinem Rucksack hing?
Nemo machte sich zum Sprung bereit, als das Licht in Hubsis Haus plötzlich erlosch. Hinter dem Fenster bewegte sich ein Vorhang. Nur wenige Sekunden später öffnete sich die Haustür. Der

Moderator trat aus dem Haus und hastete mit eiligen Schritten durch den Vorgarten. Nemo hob eine Hand, um ihm zu winken. Er öffnete den Mund, um ihm zuzurufen, aber etwas hielt ihn zurück. Etwas war komisch.
Hubsi kam genau auf ihn zu!
Dabei sah sich der Moderator nicht ein einziges Mal um, bevor er die Straße überquerte. Aber seltsamerweise hinterher. Prüfte er, ob die Luft rein war?
Leise beugte sich Nemo nach vorn und spähte über die Dachkante, ohne auf sich aufmerksam zu machen. Hubsi blieb vor der Garage stehen. Mit einer schnellen Bewegung griff er in den Puppenwagen.
Nemo stockte der Atem.
Was sollte das werden?
Was hatte der Wettermann vor?
Schockiert beobachtete er, wie Hubsi den Teddybären aus dem Puppenwagen nahm und Anstalten machte, ihn unter seine Jacke zu stopfen.

„He!“ Die Stimme des Mädchens erklang.
Hubsi erstarrte.
„Was machst du mit Lollo?“
Nemo sah, wie das Mädchen aus der Garage trat.
„Ich?“ Hubsi lächelte zuckersüß und tat so, als putze er ein paar Bonbons von dem Teddy. Er gab dem Mädchen sein Stofftier zurück. „Lollo ist aus dem Puppenwagen gefallen.“
„Ach so.“ Das Mädchen bedankte sich brav. Es schien beruhigt. Nemo nicht. Ganz und gar nicht. Hubsi hatte dem Mädchen eben eine glatte Lüge erzählt!

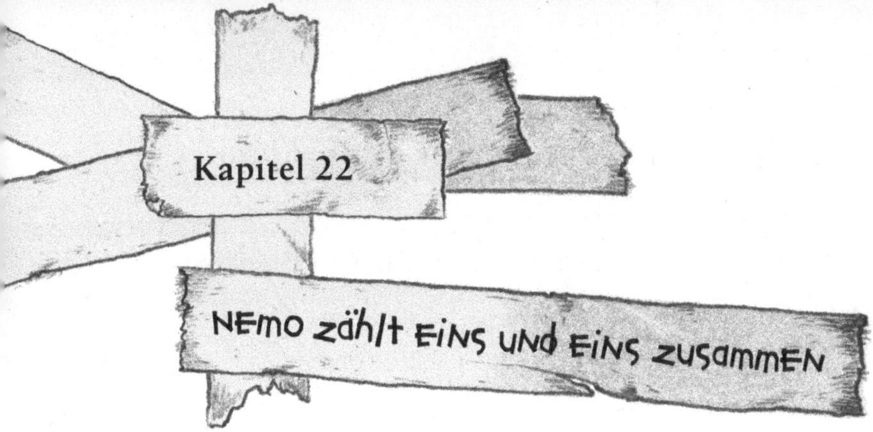

Kapitel 22

Nemo zählt eins und eins zusammen

Nemo saß auf dem Garagendach und bewegte sich nicht. Er fühlte sich wie betäubt. Nur die Gedanken rasten durch seinen Kopf wie Maipupus durch ein Wohnzimmer.
War das eben wirklich passiert? Hatte Hubsi versucht, dem Mädchen sein Stofftier zu klauen? Eine schreckliche Gewissheit machte sich in ihm breit. War sein großes Idol tatsächlich der unheimliche Spielzeugdieb? Was wäre geschehen, wenn das Mädchen Hubsi nicht erwischt hätte? Hätte er den Teddy in eine Kiste gepackt und an den ‚Arsch der Welt' geschickt?

Nemo schauderte. Dann hätten sie es bald mit einem lebendigen Bären zu tun bekommen!
Kaum war das Mädchen im Haus und Hubsi Richtung Innenstadt verschwunden, versuchte Nemo, seine Gedanken zu ordnen.
Hubsi war am gleichen Tag wie Seki beim Zahnarzt gewesen. Hatte der Moderator neben dem Jungen im Wartezimmer gesessen und so von dessen Lieblingsspielzeug, den Maipupus, erfahren?
Fred und Oda hatten recht. Hubsi hatte schon früh vom Hagel berichtet. Und er hatte Paketband im Supermarkt gekauft. Außerdem war er groß und kräftig, so wie der merkwürdige rosafarbene Hase, der Herrn Siebzehnrübel entführt hatte. Natürlich!
Nun fügte sich alles zusammen wie die Teilchen der Puzzles, die Herr Siebzehnrübel so gerne machte. Der Wettermann war ja auch kurz nach der Befreiung des Spielwarenhändlers in der kleinen Hütte am Flussufer aufgetaucht. Es gab

keinen Zweifel mehr. Hubsi Hubert war Pinky Püschel! Hatte er Herrn Siebzehnrübel deshalb so gut behandelt, weil die beiden befreundet waren? Und noch etwas schoss Nemo durch den Kopf: Er erinnerte sich, wie der Yeti den Fernseher angeschrien hatte, als der Wettermann auf dem Bildschirm aufgetaucht war. „Machst weg! Machst futsch!"

Nemos Herz krampfte sich schmerzhaft zusammen.

Er dachte an die Fahndungsplakate, mit denen sie Vampiranjas Besitzerin gesucht hatten. Jemand hatte sie von den Wänden und Laternen gerissen. Damals hatten sie Herrn Ölmez verdächtigt, weil sie die Flugblätter in seinem Auto gefunden hatten. Aber Hubsi Hubert hatte mit im Wagen gesessen!

Oder war doch alles ganz anders?

Nemo beschloss, seinem Verdacht nachzugehen. Er rutschte mit den Beinen vom Garagendach, klammerte sich kurz an der Dachkante fest und schielte nach unten, um die Entfernung einzuschätzen. Zwischen seinen Zehenspitzen und dem Boden lagen vielleicht anderthalb Meter. Das sollte zu schaffen sein!

Er drückte sich mit dem rechten Fuß von der Wand ab und ließ gleichzeitig los. Geschmeidig wie eine Katze landete er auf dem Gehweg und sah sich kurz um.

Es war niemand zu sehen.

Mit rundem Rücken hastete Nemo über die Straße, öffnete das quietschende Gartentürchen und schlich sich in Hubsis Vorgarten. Er hob den großen Stein neben der Haustür hoch und seufzte enttäuscht. Der Schlüssel, den sie das letzte Mal dort gefunden hatten, war diesmal nicht da.

Nemo folgte einem schmalen Trampelpfad um das Haus und sah sich nach einem geöffneten Fenster um. Aber keines war auch nur angelehnt. Auf der Rückseite des Hauses gab es eine kleine Terrasse. Nemo legte eine Hand an die Stirn und spähte durch die staubige Scheibe in Hubsis

Wohnzimmer. Er ließ seinen Blick vom offenen Kamin über das Klavier bis hin zu der altmodischen Vitrine schweifen. In dem Glasschrank bewahrte Hubsi seine Sportpokale auf. Auf dem Klavier standen eine Vase mit verwelkten Blumen und ein Metronom. Über dem Kaminsims baumelte ein verstaubter Weihnachtsmann. Er brachte Nemo auf eine Idee.

Nachdenklich trat er einen Schritt zurück und sah die Hauswand hoch. Über die gesamte Fassade wucherte Efeu. Die kräftigen grünen Ranken kletterten bis hinauf aufs Dach, wo sie bereits den Schornstein erreicht hatten.

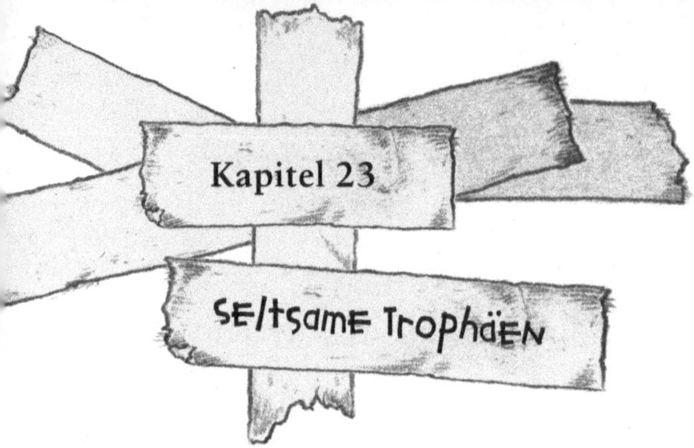

Kapitel 23

Seltsame Trophäen

Das kleine Birkenbäumchen, das sich im oberen Teil des Schornsteins angesiedelt hatte, war schnell ausgerissen. Es hatte Nemo angezeigt, dass der Kamin schon lange nicht mehr benutzt worden war. Trotzdem kam er kohlrabenschwarz unten an. Zum Glück waren die Fugen zwischen den rohen Backsteinen tief genug gewesen, sodass er mit den Fußspitzen immer wieder Halt gefunden hatte. Auf allen vieren kroch Nemo ins Wohnzimmer und klopfte sich die Asche von den Klamotten. Er überlegte, wie viel Zeit ihm wohl blieb. Wo mochte Hubsi hingegangen sein? Sein Wetterbericht war

bereits aufgezeichnet. Die zweite Sendung kam erst um kurz vor vier. Vielleicht war er nur eben in den Supermarkt gehüpft oder ... Nemo kam ein gruseliger Gedanke: War Hubsi nach dem missglückten Diebstahl etwa weitergezogen, um ein anderes Kind zu beklauen?
Nemo machte ein paar Schritte in den Raum. So oder so, besser, er beeilte sich! Aber nach was sollte er suchen? Er ließ seinen Blick über die Möbel und Wände des altmodisch eingerichteten Wohnzimmers gleiten. Seltsam. Das letzte Mal, als er mit Oda und Fred hier gewesen war, war ihm gar nicht aufgefallen, dass es zwischen all den Vasen und Bildern auch Mitbringsel von Reisen gab. Auf der Kommode lagen Fächer, Rasseln und Muscheln herum. In der Vitrine standen neben den Pokalen, die Hubsi in seiner Jugend gewonnen hatte, auch Teller und Schalen mit schönen Ornamenten. An den Wänden hingen Krummsäbel, Masken und ein Tropenhelm zwischen den Bildern aus Hubsis Kindertagen. Nemo trat ein wenig näher.

Jedes einzelne Foto zeugte von Hubsis frühen Erfolgen: Hubsi beim Skifahren, Hubsi beim Reiten, Hubsi beim Fechten. Hubsi auf dem Siegespodest. Und immer hatte er seinen Stoffhasen im Arm. Kein Wunder, dass Frau Dr. Spargel ihren damaligen Schüler Hubsi „Hasi“ Hubert genannt hatte.
Nemo seufzte. Er wäre auch gerne so erfolgreich wie Hubsi.
Da erklang eine kleine Melodie, gefolgt von mehreren Gongschlägen. Nemo zuckte zusammen. Doch es war nur die Pendeluhr im Flur. Er folgte dem Ticken und sah auf das Ziffernblatt. Vierzehn Uhr. Höchste Zeit, sich auf die Suche nach Hinweisen zu machen.
Nemo wartete ab, bis die Schläge vollkommen verklungen waren, und schlich in die Küche. Er zog ein paar Schubladen auf und fand das Paketband, das Hubsi bei ihm im Supermarkt gekauft hatte, außerdem eine Schere und ein paar Stifte. Aber nichts, was den Moderator eindeutig

als Spielzeugdieb überführen würde. Und was sollte das auch sein? Schließlich war es nicht verboten, Pakete zu verschicken!

Nemo schob die Schublade wieder zu, als sein Blick auf eine kleine Tür hinter dem Küchenschrank fiel. Er öffnete sie und knipste den Lichtschalter an. Eine nackte Glühbirne warf ihr Licht auf einen Eimer mit Putzzeug und ein deckenhohes Regal, das den winzigen Raum fast völlig ausfüllte. In den Fächern standen fein säuberlich aufgereiht unzählige Einmachgläser. Nemo fragte sich, seit wann die Gläser dort standen. Bestimmt seit einer Ewigkeit! Hubsis Eltern lebten schon lange nicht mehr und Nemo glaubte kaum, dass der Wettermann das Obst selbst eingemacht hatte. Sicher war das Zeug uralt.

Nemo nahm eines der Gläser aus dem Regal und studierte das Etikett: *Sauerkirschen 1999*. Er rümpfte die Nase. Ob die noch gut waren? Er schnüffelte am Deckelrand, roch aber nichts.

Gerade wollte er das antike Kompott wieder zurückstellen, als er hinter den Gläsern eine zweite Reihe entdeckte.
Neugierig zog er eines der versteckten Gläser hervor und betrachtete es. Was war das?
In dem Gefäß lag ein kleines Stück Teppich. Es erinnerte Nemo an den flauschigen Teppich, der bei ihnen im Wohnzimmer lag. Aber wer bewahrte denn in seiner Speisekammer ein eingemachtes Stück Flokati auf?
Oder … nein! Nemo schluckte.
War das etwa ein Stück Pelz?
Nemo dachte an den kleinen Yeti mit den weißen Zotteln. *Das samtig weiche Schmusetier aus flauschigem Fleece.*
Nemo wurde ganz mulmig.
Er griff hinter ein Birnenkompott und zog ein weiteres Glas hervor. Darin wabbelte eine Handvoll grünlicher Schleim.
Nemos Herz setzte kurz aus.
Er ahnte, was das war!

Hastig schob er zwei Gläser Apfelmus auseinander und zog ein drittes Glas nach vorn. Darin lag eine winzige lilafarbene Bürste.

Vampiranja!, schoss es Nemo durch den Kopf. In seiner Brust kämpften zwei widersprüchliche Gefühle. Maßlose Enttäuschung und großer Triumph. Seine Bewunderung für Hubsi zerbröselte wie der Streuselkuchen, den Fred neulich gebacken hatte.

Gleichzeitig jubelte er innerlich.

Das war es!

Hubsi war der gemeine Spielzeugdieb! Er hatte den Beweis gefunden. Nein, nicht den, *die* Beweise! Denn hier gab es jede Menge davon. Nemo war sich sicher: Er stand vor einer schrägen Trophäensammlung.

Mit klopfendem Herzen zog er das vierte Glas hervor und fand darin, wie erwartet, eine Schuppe von Draga. Das kleine Drachenplättchen schillerte in allen erdenklichen Rottönen.

Nemo griff nach dem fünften Glas, das zunächst

leer aussah. Als er es aber zur Glühbirne hob, entdeckte er auf dem Boden ein weißes Haar, das im Licht schimmerte wie ein Prisma. Keine Frage, das war ein Einhornhaar! Eilig fischte Nemo das sechste Glas hervor und fand darin eine rostige Schraube, die ganz sicher Biep gehörte, dem kleinen Roboter. Nemo stellte das Glas zurück und griff tiefer in das Regal, wo er ganz hinten noch ein siebtes Glas vermutete. Mit zitternden Fingern zog er es hervor und ließ den Schnappverschluss aufschnalzen.

„Gutti Morri!“

„Hicks! Da bist du ja!“ Nemos Herz machte einen Sprung. Es war der blaue Winzling höchstpersönlich! Kein Wunder, dass er nicht wiedergekommen war! Hubsi hatte ihn eingemacht wie Kompott. „Warte, ich hol dich!“ Nemo tauchte seine Hand ins Glas, um Hicks herauszufischen, als er plötzlich ein Quietschen hörte. Das Quietschen des Gartentürchens!

Schnell stellte er das Glas zurück, zog mit einem

LUMI
60 W

Ruck die Speisekammertür zu und schlug mit der Faust den Lichtschalter aus.

Keine Sekunde später hörte er den Schlüssel im Schloss. Dann ein Pfeifen, das mit jedem Schritt näher kam.

Kapitel 24

ausgetrickst

Vorsichtig blinzelte Nemo durch den schmalen Türspalt und sah, wie der Wettermann die Küche betrat. Was für ein Glück, dass er kein Licht gemacht hatte! Sonst hätte Hubsi sofort bemerkt, dass jemand im Haus war.

Mit angehaltenem Atem beobachtete Nemo, wie Hubsi etwas auf den Tisch schob. Leider wandte ihm der Moderator den Rücken zu, sodass Nemo nicht erkennen konnte, um was es sich handelte. Geräuschvoll zog der Wettermann die Schublade auf, nahm Schere und Klebeband heraus und machte sich an etwas zu schaffen.

Nemo konnte es nicht fassen. Verpackte Hubsi etwa schon wieder ein Spielzeug? War er nach seinem missglückten Versuch mit dem Teddy tatsächlich sofort weitergezogen, um das nächste Kind zu bestehlen?
Nemo machte einen vorsichtigen Schritt zur Seite, um durch den Türspalt auf der anderen Seite etwas mehr erkennen zu können. Rumpelnd stieß er gegen den Putzeimer.
Mist!
Nemo fluchte innerlich und fing den Wischmopp auf, der ins Wanken geriet. Er biss sich auf die Lippen. Sein Herz raste. Hatte Hubsi etwas bemerkt? Das Poltern war kaum zu überhören gewesen! Verängstigt lugte er durch den Türspalt, aber Hubsi packte seelenruhig weiter, ohne sich umzusehen.
Nemo atmete lautlos auf, als er plötzlich ein Schniefen hörte. Was war das? Weinte Hubsi etwa?
Nein. Nemo musste sich getäuscht haben. Denn

jetzt war ein Glucksen zu hören. Ein Lachen kullerte durch Hubsis Körper und purzelte ihm aus dem Mund. Aber das Lachen hörte sich nicht wirklich glücklich an. Eher wie hysterisches Gegacker. Worüber lachte der Moderator nur? Oder war es doch ein Schluchzen? Hubsis Schultern begannen zu beben.

Nemo war verwirrt.

Erst als Hubsi die Schublade zuschob, konnte er einen kurzen Blick auf sein Gesicht erhaschen. Tränen rannen dem Wettermann über die Wangen und tropften auf eine Kiste. Hastig drückte Hubsi den Kistendeckel herunter und wischte sich mit dem Ärmel über das Gesicht.

Nemo schluckte. Die Tränen waren schwarz.

Er musste an den dunklen Fleck denken, den sie auf jedem Spielzeug entdeckt hatten. Hatte er etwas mit Hubsis Tränen zu tun?

„Jo!", brummte Hubsi zufrieden, als ob er Nemos Gedanken erraten hätte. Plötzlich drehte er sich um.

Nemo blinzelte erschrocken. Hubsis Blick streifte die Tür, hinter der er sich verborgen hielt. Kurz schien ihm Hubsi direkt in die Augen zu sehen, doch dann wanderte sein Blick weiter zur Küchentür. Der Wettermann lief darauf zu und murmelte wie zu sich selbst: „Muss mal für kleine Königstiger."

Kaum hatte der Moderator die Küche verlassen, kam Bewegung in Nemo. Hastig griff er ins Regal und klemmte sich das Glas mit Hicks unter die Achsel. Wenn er sich beeilte, hatte er sich aus dem Staub gemacht, bevor Hubsi von der Toilette kam! Behutsam legte er eine Hand auf die Klinke und drückte sie sachte herunter. Sein Herz pochte ihm bis in die Ohren. Mit einem leisen Klick sprang die Tür auf.

Lautlos schlüpfte Nemo aus der Speisekammer und hopste zum Küchenfenster, das er so leise wie möglich öffnete. Er stellte das Einweckglas mit Hicks auf dem Fensterbrett ab, wandte sich zum Tisch um und fasste einen Stuhl bei der Lehne, um

ihn unter das Fenster zu stellen. Dabei fiel sein Blick auf die Kiste. Nemo zögerte.
Sollte er einen kurzen Blick wagen und nachsehen, welches Spielzeug Hubsi verpackt hatte?
Nervös sah er zur Küchentür. Wie viel Zeit blieb ihm, bevor Hubsi vom Klo kam?
Genug!, beschloss Nemo. Die Spülung würde ihn rechtzeitig vorwarnen. Sobald das Wasser durch die Kloschüssel rauschte, konnte er ja zum Fenster springen. Mit einem Satz wäre er im Garten und über alle Berge, bis Hubsi zurückkam.
Nemo stellte den Stuhl unters Fenster und trat an den Küchentisch. Zitternd zog er den Kistendeckel ein wenig auf. Die schwarzen Tränen verklebten den Rand.
„Aha!" Scharf wie eine Axt traf ihn das kurze Wort im Nacken. „Hab ich also doch richtig gehört."
Nemo wirbelte herum. Hubsi stand in der Küchentür. Sein durchtrainierter Körper füllte den Türrahmen fast völlig aus. Nemo starrte den

Moderator an, als wäre er ein riesiger rosafarbener Hase. Und in gewissem Sinne war er das ja auch …

„Äh, Sie haben vergessen zu spülen!“, stammelte Nemo schwach.

„Ach echt?“ Hubsi gluckste belustigt.

Zu spät wurde Nemo klar, dass das wohl Absicht gewesen war. Hubsi hatte ihn hereingelegt!

Der Wettermann betrat die Küche und schloss die Tür hinter sich ab.

Nemo schluckte. Dieser Fluchtweg war also abgeschnitten. Gleichzeitig blickten sie beide zum offenen Fenster. Hicks winkte ihnen aus dem Einmachglas zu.

„Nemo! Hier hüreba.“

Flink wie ein Wiesel sprang Nemo zu ihm. Er packte das Einmachglas und hüpfte auf den Stuhl.

Hubsi hechtete ihm hinterher.

„Hiergeblieben!“ Er streckte seinen langen Arm aus und fasste Nemo am Jackenkragen.

„Arrrks!“ Nemo fiel wieder zurück. Er öffnete das Glas und schüttete den Winzling heraus. Hicks purzelte auf das Fensterbrett.
„Hau ab!“, schrie Nemo ihm zu. „Lauf zu Oda und Fred und hol Hilfe!“
„Oki.“ Hicks rappelte sich auf. Er machte sich zum Sprung bereit, als Hubsis große Hand auch schon nach ihm schnappte. Unbarmherzig schloss sich seine Faust um den Winzling.
Verzweifelt strampelte Hicks mit den Ärmchen und Beinchen. „He! Lasst los, du Grobi!“
Aber der Wettermann dachte gar nicht daran. Er schob den Winzling in seine Hosentasche und knallte das Fenster zu.
Entmutigt ließ sich Nemo auf den Stuhl fallen. Was wird Hubsi mit uns anstellen?, dachte er verzweifelt. Niemand weiß, wo wir sind!
In dem Moment klingelte es an der Haustür.

Kapitel 25

Hubsi bekommt einen Pokal

„Keiner da!“ Nemo erkannte Freds Stimme. Und dann Oda, die rief: „NA GUT. DANN MÜSSEN WIR EBEN WIEDER GEHEN!“

„Doch! Ich bin hier!“, wollte Nemo seinen Freunden durch die Tür zurufen, doch schon presste ihm Hubsi eine Hand auf den Mund. Enttäuscht hörte Nemo, wie sich die Stimmen und Schritte von Oda und Fred wieder entfernten. Kaum waren sie verklungen, schnappte sich Hubsi das Klebeband vom Tisch. Er kramte eine Rolle Bratschnur aus der Schublade und schubste Nemo vor sich her ins Wohnzimmer.

Dort zerrte er einen Stuhl in die Mitte des Raumes und drückte Nemo auf die Sitzfläche. Mithilfe der Bratschnur fesselte er ihn an die Lehne.
Nemo blickte an sich herunter. Er sah aus wie ein riesiger Rollbraten.
„So, mein Freundchen!“ Hubsi beugte sich über ihn. Sein Gesicht schwebte nur wenige Zentimeter vor Nemos Nase. Zum allerersten Mal betrachtete Nemo den Moderator nicht mit Bewunderung, sondern mit Argwohn. Er erwartete Boshaftigkeit in Hubsis dunklen Augen zu sehen, entdeckte aber vor allem Neugier ... und eine tiefe Trauer.
„Du bist doch Nemo, der Kittel-Junge aus dem Supermarkt. Der Erfinder von Pinkowskis Universalschleim und einer der Boringer Bücherwürmer? Verrat mir mal, was du in meiner Küche zu suchen hast?“ Hubsi richtete sich auf und verschränkte abwartend die Arme.
Nemo kam sich vor, als ob er der Angeklagte wäre. Dabei war doch Hubsi der Bösewicht!
„Verraten Sie mir mal lieber, was da in Ihrer

Speisekammer steht!“, schleuderte er dem Wettermann mutig entgegen und gab sich gleich selbst die Antwort: „Ein Andenken an jedes einzelne Spielzeug, das Sie geklaut und mir zugeschickt haben.“

„Ach?“ Hubsi hob erstaunt die Augenbrauen. „Du gibst also zu, dass die Spielsachen bei dir landen?“, höhnte er, ohne auf Nemos Vorwurf einzugehen. Er fischte den verknautschten Hicks aus der Hosentasche und betrachtete ihn neugierig von allen Seiten. „Und dann erweckst du sie zum Leben?“

„Ich?“ Nemo riss erstaunt die Augen auf.

„Stell dich nicht dümmer, als du bist!“ Hubsi holte das Klebeband hervor und nahm den Winzling mit zum Klavier. Er öffnete das Metronom und band Hicks an den schmalen Metallstab, mit dem das Gerät den Takt vorgab. Dann gab er ihm einen kleinen Stups.

Tick-tack, tick-tack.

Hicks schwang hin und her wie das Pendel der

Uhr im Flur. Nemo wurde schon vom Zuschauen schwindlig.

Murmelnd kam Hubsi zu ihm zurück. „Die Spielzeuge werden lebendig und dabei verändert sich das Wetter, so viel hab ich kapiert." Er beugte sich über Nemo und sah ihn nachdenklich an. „Und was machen wir jetzt mit dir?"

„Mi...mi...mit mir?" Ängstlich lehnte sich Nemo zurück, als plötzlich ein Klirren ertönte.

Ein dicker Ziegelstein polterte ins Zimmer, kullerte über den durchgescheuerten Perserteppich und blieb zwischen ihnen liegen. Erstaunt sahen sie auf.

Ein Skihandschuh griff durch das Loch im Glas und öffnete den Riegel. Der Fensterflügel schwang auf, knallte gegen die Wand und schlug mit dem Knauf ein Loch in den Putz.

„He!", rief Hubsi empört.

Aber der Einbrecher ließ sich nicht aus der Ruhe bringen. Seine zweite Hand erschien auf dem Fensterbrett. Es folgte ein blonder Schopf, dann

ein Oberkörper, der wie ein Kasperl im Puppentheater auf die Fensterbank kippte.
Tick-tack, tick-tack.
Nemo sah, wie Hicks das Geschehen verfolgte. Der Winzling schielte. Offensichtlich fiel es ihm schwer, einen Punkt zu fixieren. Bis auf das Ticken des Metronoms war nur das Ächzen des Eindringlings zu hören. Stöhnend schob er ein Knie auf die Fensterbank und zog sich nach oben. Ungeschickt rutschte er ab und versuchte es erneut.
Nemo konnte es nicht glauben. Was dachte sich Fred nur dabei, so auffallend laut und quälend langsam ins Haus zu klettern? Fast sah es so aus, als stellte er sich extra blöd an!
Fassungslos schüttelte Nemo den Kopf. Natürlich wurde Hubsi so auf ihn aufmerksam!
Mit zwei kurzen Schritten war der Wettermann bei Fred und griff ihm unter die Achseln.
„He! Das kitzelt!“ Kichernd klammerte sich Fred am Fensterrahmen fest.

Entgeistert verfolgte Nemo, wie die beiden miteinander rangelten, als plötzlich ein Schatten über ihn fiel. Erschrocken sah er sich um.
Oda zwinkerte ihm zu.
Nemo staunte. Wo kam die denn auf einmal her? Sie musste irgendwo anders ins Haus geklettert sein.
Wieder einmal lief er rot an. Anstatt als strahlender Sieger vor Oda auf einem Podest zu stehen, saß er nun also gefesselt auf einem Stuhl.
Tick-tack, tick-tack.
Oda legte einen Finger auf ihre Lippen und bedeutete ihm, leise zu sein.
Nemo nickte stumm. Er verstand nun, dass Fred nur das Ablenkungsmanöver war. Wie genial! Während sein Freund noch immer mit dem Wettermann kämpfte, schlich sich Oda von hinten an Hubsi heran.
Sie stellte sich auf die Zehenspitzen und stülpte ihm mit einem Zack Freds Umhängetasche über den Kopf.

„He! Was …?“ Überrumpelt ließ Hubsi Fred los. Der Wettermann sank auf die Knie, breitete seine Arme aus und drehte sich im Kreis, als würde er Blindekuh spielen.
„Wer? Wie? Wo?“, ging er weitere Fragewörter durch und tastete fluchend nach Oda, die geschickt unter seinen schwingenden Armen hinwegtauchte. Lautlos öffnete sie die Glastür der Vitrine und versteckte sich dahinter.
„Hier bin ich!“, piepste sie.
Hubsi stolperte ihrer Stimme entgegen.
„Autsch!“
Unsanft donnerte er gegen die gläserne Trennwand zwischen ihnen. Der ganze Schrank vibrierte. Die Pokale schepperten und wackelten wie Kegel. Ein besonders großer kippte aus dem obersten Bord und plumpste Hubsi auf den Kopf.
„Uff!“ Benommen sackte er zusammen. Er kippte zur Seite wie ein Kartoffelsack und blieb liegen.
Im selben Moment fiel Fred durchs Fenster.
„Hoppla!“ Polternd machte er einen Purzelbaum.

„Fred! Mein Freunst!“ Hicks reagierte verzückt, auch wenn er durch das Hin-und-her-Geschaukel bereits etwas blass um die Nase war.
Tick-tack, tick-tack.
Besorgt lief Oda zu Nemo.
„Alles klar bei dir?“
„Alles bingo bongo!“ Nemo grinste. „Das war echt ’ne coole Aktion!“
Erleichtert fiel Oda ihm um den Hals. „Ich bin ja so froh, dass es dir gut geht!“
Nemo staunte. Obwohl er alles andere als ein Held war, ging gerade sein Traum in Erfüllung! Bis auf einen kleinen Wermutstropfen vielleicht …
„Äh, würdest du mich bitte losbinden?“
„Ach ja, sorry.“ Oda stellte sich hinter ihn und knüpfte die Bratschnur auf.
„Danke.“ Nemo stand auf und erwiderte Odas Umarmung. In ihrem dicken Daunenmantel war sie ganz weich. Wie ein Noftie, dachte Nemo und fühlte sich wohl. So wohl wie abends in seinem Bett, wenn er an keinem anderen Ort der Welt sein

wollte. Es war, als würde warme Schokolade durch seine Adern fließen.

Aus irgendeinem Grund schien Oda kein bisschen sauer auf ihn zu sein. Dabei hatte er doch sie und Fred in echte Gefahr gebracht und Hubsi zu Unrecht verteidigt.

Der Wettermann stöhnte und zerstörte den schönen Moment.

„Ich glaube, er kommt zu sich!" Panisch hob Fred den Pokal in die Höhe. „Was soll ich tun?"

„Warte!" Oda eilte zu ihm und band Hubsi die Hände auf den Rücken.

„Wazn mit meine Wichtigkeit?", rief Hicks, der mittlerweile ganz grün im Gesicht war.

Tick-tack, tick-tack.

Fred stellte den Pokal ab und band den Winzling los.

„Uh, mir is spübel." Benommen torkelte Hicks übers Klavier. Er kletterte auf den Pokal und übergab sich in das Gefäß.

„He, mein Tennispokal!" Hubsi wurde hellwach.

Fred kicherte. „Geschieht Ihnen ganz recht! Bei all dem, was Sie uns angetan haben."
„Gar nichts hab ich getan!", protestierte Hubsi lahm.
Erschrocken sah Fred Nemo an. „Dann ist er gar nicht der Spielzeugdieb?" Er wurde nervös. „Und mein Vater noch nicht entlastet?"
„Doch", beruhigte ihn Nemo. „Ich hab Hubsi auf frischer Tat ertappt! Er wollte einen Teddybären klauen. Und in seiner Speisekammer bewahrt er Trophäen von jedem einzelnen Spielzeug auf. Außerdem liegt in der Küche schon wieder ein neues Paket."
Oda nickte überzeugt. „Das sind ziemlich eindeutige Beweise. Hat er dir auch gesagt, wie er die Spielsachen zum Leben erweckt?"
„Nope." Nemo schüttelte bedauernd den Kopf. „Da war leider nichts aus ihm rauszukriegen."
Oda setzte sich ans Klavier. „Na, das wollen wir doch mal sehen!"

Plang plang PLIIING pling pling
Klim klim klim-per klamp

„Mit dem Flohwalzer treibe ich meine Eltern in den Wahnsinn“, rief Oda fröhlich, während Fred Hubsi ein Bonbon nach dem anderen aus Kriegelsteins Tüten in den Mund stopfte.

„Meistens erlauben sie mir dann alles. Hauptsache, ich höre wieder auf.“

Hubsi stöhnte.

„Das ist Folter!“

„Dann spucken Sie’s schon aus!“, forderte Nemo ihn auf.

„Pffft!“ Hubsi spuckte ihm ein freigelutschtes Maipupu vor die Füße.

„Nein, das nicht!“

„Doch, das auch!“ Fred hob das klebrige Plastik-Figürchen vom Boden. Enttäuscht betrachtete er das Angler-Maipupu. „Wann kommt endlich die Königin?“

„Sie sollen ein Geständnis ausspucken!“, drückte sich Nemo genauer aus.

Aber der Wettermann kniff nur die Lippen zusammen und schüttelte trotzig den Kopf. „Ich habe euch gar nichts zu sagen!“

„Na gut!“ Oda begann von vorne.

Plang plang PLIIING pling pling
Klim klim klim-per klamp

Hicks schlüpfte in Hubsis Hose und krabbelte sein Bein auf und ab. Der Wettermann begann, kindisch zu kichern, und zappelte mit den Beinen.

„Aufhören!“

Fred schob ihm das nächste Bonbon in den Mund. Er musste aufpassen, dass er die Bonbons aus den

Tüten nicht mit den bunten Hagelkörnern verwechselte, die munter durchs offene Fenster prasselten, seit der Hagel wieder begonnen hatte. In den Hagelkörnern steckten ja keine Maipupus.
Nemo wurde unruhig. Das Bonbongewitter war schlimmer als je zuvor! Draußen hörte man Menschen kreischen. „Der Hagel schlägt alles kaputt!", rief er. „Lasst uns lieber die Maipupus zurückbringen und das Wetter stoppen!"
„Du willst ihn ohne Geständnis laufen lassen?"
Odas Finger tanzten über die Tasten.
Plang plang PLIIING pling pling
Klim klim klim-per klamp
„Wir haben ihn doch gleich so weit!" Fred schüttete Hubsi die restlichen Bonbons auf einmal in den Mund.
Hicks kroch dem Wettermann unter die Achsel.
Hubsi hustete und kicherte hysterisch.
„Ups." Fred setzte die Tüte ab. „Nicht, dass Sie sich noch verschlucken und die Königin erst morgen wiederkommt."

„Lasst mich in Ruhe!“ Hubsi schniefte und gluckste gleichzeitig. „Ich gebe ja alles zu!“ Eine schwarze Träne kullerte ihm über die Wange. Schon wieder! Nemo stutzte.
„Na bitte!“ Oda nahm ihre Finger von den Tasten. „Warum nicht gleich so?“
Gespannt lugte Hicks aus Hubsis Hemdkragen. Der Wettermann räusperte sich und spuckte eine Figur aus. Sie trug ein goldenes Krönchen.
„Die Königin!“, rief Fred. „Wurde aber auch Zeit!“ Er hob die Figur vom Boden auf und betrachtete sie begeistert.
„Also.“ Oda drehte sich auf dem Klavierhocker um. „Was haben Sie uns zu sagen?“
In diesem Moment erklang eine hübsche Melodie aus dem Flur. Die Pendeluhr gongte drei Mal.
„Geht das nicht später?“ Hubsi sah sie flehend an. „Es ist schon drei. Ich muss jetzt zur Arbeit. Wenn ich nicht pünktlich erscheine, kommt sicher jemand vom Sender und schaut nach, ob alles in Ordnung ist.“

Nemo warf seinen Freunden einen unschlüssigen Blick zu.
„Ich komme nachher zu euch“, versprach Hubsi, „und erzähl euch alles.“ Er lachte nervös.
Nemo dachte über das Angebot nach. Konnten sie Hubsi wirklich vertrauen? Irgendwie sah der Moderator traurig aus, so harmlos und hilflos, wie er da auf dem Boden saß. Auf einmal tat Nemo sein einstiges Idol beinahe leid. „Also ich glaube ihm“, sagte er zu Oda und Fred. „Außerdem wissen wir ja, wo er wohnt.“
„Okidoki.“ Oda nickte. „Dann bringen wir solange die Maipupus zurück.“ Sie sah Fred an. „Was meinst du?“
„Einverstanden.“ Fred steckte die Königin in seine Umhängetasche. „Seki wird sich riesig freuen.“
„Und es wird aufhören zu hageln.“ Nemo zwinkerte Hubsi zu. „Kleiner Tipp für Ihren Wetterbericht.“
„Dann findet der Actionlauf statt“, sagte Hubsi. „Ich werde also etwas länger unterwegs sein.“

„Keine Sorge, wir auch!" Fred grinste. Er freute sich für seinen Vater.
Gemeinsam halfen sie Hubsi hoch und banden ihn los.
„Danke." Der Wettermann seufzte erleichtert und rieb sich die Handgelenke.
„Und Sie kommen ganz sicher?" Oda sah ihn streng an.
„Logo!" Hubsi legte eine Hand auf sein Herz. „Hohes und heiliges Meteorologen-Ehrenwort."
„Am besten, wir treffen uns hinterher bei mir", schlug Nemo vor. „Ich wohne ..."
„Da, wo der Pfeffer wächst." Hubsi schmunzelte. „Ich weiß."

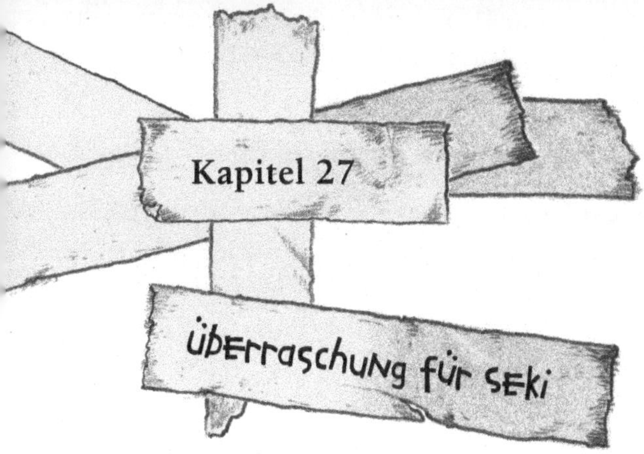

Kapitel 27

Überraschung für Seki

Als Fred das Handtuch vom Hamsterkäfig zog, flippte Seki fast aus. „Unglaublich!“ Begeistert starrte er auf das Gewusel.

„Leuts, guckts amol!“ Eines der Maipupus streckte seinen Arm aus. „Da is des Seki.“

Jetzt gab es kein Halten mehr. Die Maipupus purzelten übereinander und quiekten aufgeregt herum. Das Bodybuilding-Maipupu bog erneut zwei Gitterstäbe auseinander und schlüpfte durch den Spalt. Die anderen wuselten hinter ihm her. Alles strömte zu Seki. Die Maipupus kletterten auf seine Knie und krabbelten auf seinem Körper herum wie die winzigen Bewohner der Insel Liliput auf dem armen Gulliver. Sie schaukelten an Sekis Ohrläppchen und wühlten in seinen Haaren, sie schmiegten sich in seine Armbeuge und kuschelten sich in seinen Schoß.

Fred nahm Hicks aus der Brusttasche.

„Du musst alle umarmen, dann verwandeln sie sich in Spielfiguren zurück."

Seki lächelte selig. „Darf ich sie auch lebendig lassen?"

„Nein!!!", riefen Nemo, Oda und Fred gleichzeitig.

„Warum?" Seki war von ihrer Heftigkeit überrascht.

„Weil sonst der Hagelsturm nicht aufhört", erklärte Fred und setzte Hicks neben Mippi.

Jetzt flippte der Winzling aus. „Mippi! Wo hats gsteckt?"

„Hicks!" Mippi öffnete ihre Arme.

Freudestrahlend fielen sich die beiden um den Hals.

Nemo sah Oda an.
„Was?"
„Ach nichts."
Plötzlich breitete sich ein übler Gestank im Zimmer aus. „Buäh!" Fred hielt sich die Nase zu. „Mippi hat ihr Reagenzgläschen fallen lassen."
„Iiih!" Angeekelt rümpfte Oda die Nase. „Das müffelt nach faulen Eiern."
Hicks kicherte. „Na? Hab ich zu viel versprechts?"
Nemo sah zum Fenster, das Sekis Vater von außen mit Brettern verrammelt hatte. Er war enttäuscht. Nicht nur, weil man bei dem Gestank das Fenster nicht öffnen konnte, sondern auch, weil die Hagelkörner weiter gegen das Holz klopften wie ein ganzer Schwarm Spechte. „Komisch, alle Maipupus sitzen auf Seki", sagte er. „Aber es ändert sich nichts."
„Vielleicht fehlt noch eins?" Oda zählte noch einmal nach. „Nein." Sie schüttelte den Kopf. „Die Sammlung ist komplett."
Nachdenklich betrachteten sie den Jungen, an

dem die Maipupus klebten wie eine Traube Bienen. Er sah aus wie ein kleiner Imker. Plötzlich fiel Nemo etwas ein.
„Wo ist die Königin?“, fragte er.
Fred sah ihn überrascht an. „Wir haben doch ausgemacht, sie erst am Schluss zu überreichen.“
Seki horchte interessiert auf. „Ihr habt die Königin?“
„Ja.“ Oda nickte. „Aber sie gehört nicht zur Sammlung. Sie ist nicht lebendig.“
„Vielleicht doch?“, sagte Nemo, einer plötzlichen Eingebung folgend.
Fred tauchte die Hand in die Umhängetasche und zog sie erstaunt wieder heraus. „Tatsache!“ An seinem Zeigefinger baumelte die Königin und wirkte ziemlich lebendig. Zu lebendig für seinen Geschmack! Das kleine Biest biss ihm in den Finger.
„Eure Großziegigkeit!“, rief Hicks begeistert.
„Autsch!“ Fred schüttelte seine Hand.
Die Königin plumpste auf den Teppich und

machte Anstalten, unter das Bett zu laufen. Hastig fing Nemo sie wieder ein und setzte sie Seki aufs Knie. Entzückt hob der Junge sie hoch und drückte ihr einen Schmatzer ins Gesicht.
„Börk!“ Die Königin verzog den Mund. Sie wollte sich gerade beschweren, als es plötzlich Plopp! machte.
Mit einem kleinen Puff! verwandelte sie sich in ein Spielzeug zurück wie ein Maiskorn, das zu einem Popcorn aufplatzte.
Augenblicklich folgten die anderen.
Plopp! Plopp! Plopp!
Die Maipupus hüpften kreuz und quer durch die Gegend. In bunten Wölkchen verpufften sie zu Spielzeug. Seki sah aus wie ein lebendes Tischfeuerwerk.
Plopp! Plopp! Plopp!
Hastig verabschiedeten sich die Freunde von Hicks, bevor es zu spät war.
„Es war schön mit dir!“, rief Fred dem blauen Winzling zu, während sich das tomatenrote, das

zitronengelbe und das lilafarbene Maipupu zurückverwandelten.
Plopp! Plopp! Plopp!
Es folgten das Bodybuilding-Maipupu, das froschgrüne und das karierte mit dem Bleistiftstummel hinter dem Ohr. Dann das Maipupu mit den Sportschuhen, das türkisfarbene mit dem Lasso, Nicks, Mulli, Pepp, Tikki und schließlich auch Hicks und Mippi. Alle machten kurz Plopp! und blieben dann wie buntes Konfetti um Seki herum liegen oder an ihm kleben.
„Es funktioniert!", rief Nemo und lauschte auf das Wetter, das sich sofort verschlimmerte. Die Hagelkörner trommelten gegen das Holz wie Tausende Hämmerchen. Menschen kreischten, Autos hupten, Alarmanlagen gingen los. Immer mal wieder hörte man eine Fensterscheibe zerbersten.
Atemlos lauschten die Kinder dem Getrommel, bis es endlich leiser wurde. Bald war außer dem Dröhnen der Schneeräumer und Kehrmaschinen,

die unermüdlich die Straßen freischaufelten, nichts mehr zu hören. Nur noch vereinzelt plumpste irgendwo ein Hagelkorn herunter. Oda atmete auf. „Ich glaube, es ist vorbei.“

Kapitel 28

actionlauf

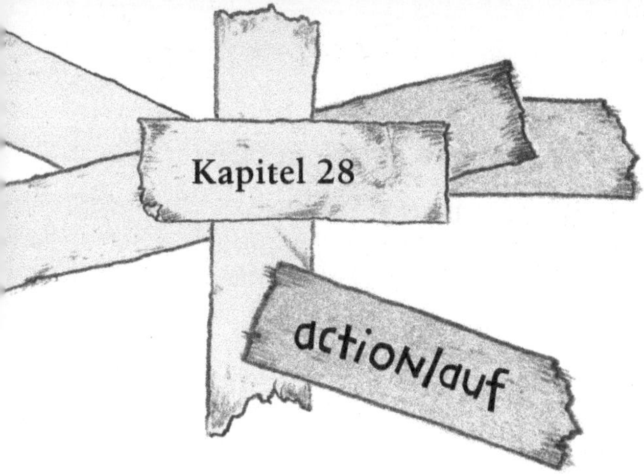

„Na los!“, rief Fred. „Es heißt Actionlauf und nicht Schneckenlauf.“

„Wo bleibst du?“ Oda drehte sich im Laufen um.

„Ihr habt gut reden!“ Erschöpft stolperte Nemo hinter seinen Freunden her, den gewundenen Trimm-dich-Pfad entlang durch den Boringer Forst. „Ihr seid nicht wie ich durch sämtliche Gärten Borings geklettert, eine Hauswand hoch und durch den Kamin wieder herunter. Mein Herz war heute schon auf hundertachtzig Touren, weil ich an einen Stuhl gefesselt um mein Leben gebangt habe. Autsch!“

Nemo blieb stehen und hielt sich die Seite. Ein stechender Schmerz fuhr ihm in die Leistengegend. Reden und laufen war keine gute Idee! Zumal er sich nicht sicher war, ob Oda und Fred ihn überhaupt noch hörten. Die beiden waren schon ewig weit voraus. Wie junge Rehe sprangen sie über Wurzeln und liefen von Station zu Station.

Keuchend sah Nemo sich um.

Überall auf dem Waldboden lagen Bonbons herum. Na klar! Hier kam kein Kehrgerät oder Schneeräumer vorbei. Ein Stück weiter hinten schleppte sich Korbinian durch den Wald. Das gab Nemo neuen Schub. Herrn Kriegelsteins Neffe hatte schon beim Start ein riesiges Theater gemacht und seinem Onkel etwas vorgeheult. Es wäre doch gelacht, wenn er den nicht abhängte!

Mit neuer Energie lief Nemo weiter. Als Nächstes kam der Kletterpark, da konnte er die anderen einholen. Fred war zwar ein toller Sprinter, aber ein Angsthase. Er brauchte immer eine halbe

Ewigkeit, bis er sich traute, von Ast zu Ast zu schwingen. Nemo blieb optimistisch. Vielleicht hatte er doch noch eine Chance! Beim Klettern jedenfalls machte ihm so schnell niemand etwas vor.

„Na los! Es heißt Actionlauf und nicht Schneckenlauf." Flink wie ein Affe kletterte Nemo an seinen Freunden vorbei. Die Buche im Kletterpark hoch bis zu dem Seil, mit dem man sich auf die hölzerne Plattform im Baum gegenüber schwingen musste. „Wo bleibt ihr denn?", rief er Oda und Fred von der anderen Seite her zu.

Mit einem lauten Schrei plumpste Fred in ein Gespinst aus Seilen, das aussah wie das Netz einer Monsterspinne. Keuchend kraxelte er Nemo hinterher. „Wohin jetzt?", fragte er, nachdem sie mit der Seilrutsche zurück auf den Boden gesaust waren. Oda sah auf dem Zettel nach, den Freds Vater ihnen beim Start ausgehändigt hatte.

„Durch die Sümpfe zur Burg“, sagte sie und deutete in östliche Richtung, wo nach dem Schleimregen viel matschiges Sumpfland entstanden war. „Station fünf ist die Tropfsteinhöhle.“

„Go, go!“ Fred flitzte weiter.

Gemeinsam wateten sie durch das schlammige Gelände. Sie hetzten die Stufen des Burgbergs hoch und krochen auf allen vieren durch die düstere Höhle. Etwas schneller joggten sie bergab, das Flussufer entlang bis zur Tankstelle.

Nemo bekam wieder Seitenstechen.

„Ich kann nicht mehr“, jammerte er und gab auf, länger wie ein Held wirken zu wollen. Oda hatte längst bewiesen, dass sie ihn auch ohne Pokal gernhatte. Aber Fred spornte seinen Freund weiter an: „Halt durch! Wir müssen nur noch durch den See schwimmen.“

„Nur noch?“, spottete Nemo.

„Das schaffst du! Von der Tankstelle bis zum Steg sind es höchstens 200 Meter.“

Oda und Fred sprangen ins Wasser.
Nemo japste wie ein Hund, als seine Freunde ihn auf der anderen Seite wieder herauszogen. Sein Herz schlug wie wild, seine Glieder waren schwer wie Blei.
„Gleich haben wir es geschafft!" Fred sah sich um. Er wirkte immer noch so fit wie ein Turnschuh. „Die meisten haben wir abgehängt. Den Rest erwischen wir beim Sprint." Ohne auf Nemo zu warten, eilte er los. Oda folgte ihm mit wippendem Pferdeschwanz.
Fluchend humpelte Nemo hinter den beiden her, über die Brücke zum Marktplatz, wo das Zieltor und die letzte Prüfung auf sie warteten.

„Hey-ho, hier kommt das junge Gemüse!" Hubsi eilte ihnen mit seinem Kamerateam entgegen. Nemo staunte. Der Moderator wirkte wie immer. Gut gelaunt begrüßte er sie auf dem Marktplatz und erklärte seinen Zuschauern: „Die ersten Läufer und Läuferinnen treffen ein. Zum Glück keine Gurkentruppe. Aber noch ist nicht aller Tage Abend. Nun ist Action der ganz anderen Art gefragt. Wer erkennt die meisten Gemüsesorten?"

Nemo schöpfte Hoffnung. Das war die Disziplin, bei der er endlich punkten konnte. Schließlich hatte er mit dem Maipupu fleißig geübt.

Vor dem Supermarkt hatten seine Eltern einen Tisch mit Gemüse aufgebaut. Zusammen mit Freds Vater fragten sie die Kinder ab.

Interessiert musterte Nemo die verschiedenen Sorten. Zu jedem Teil hätte er locker die Nummer nennen können, die er beim Verkauf in die Kasse tippen musste. Hoffentlich erinnerte er sich auch an alle Namen.

„Aubergine. Sellerie. Wirsing", antwortete er, als Herr Koch ihn abfragte. „Paprika. Blumenkohl. Butternut-Kürbis. Zucchini", ratterte er fehlerfrei herunter. Die Umstehenden klatschten, als er sogar die weniger bekannten Sorten richtig benannte: „Mangold, Topinambur und ..." Nemo kaute auf seiner Unterlippe. Nachdenklich betrachtete er die schwarze Knolle. War das eine Rote Bete? Oder … nein! „Schwarzer Rettich!“, sagte er.

Herr Koch nickte beeindruckt und trug Nemos Punkte in eine Tabelle ein. Anschließend ging es zum großen Finale über den Marktplatz.

Nemo hastete auf die Holzwand zu, die Freds Vater dort aufgebaut hatte. Ächzend zog er sich die Bretter hoch, wälzte sich über die Kante und ließ sich auf der andere Seite nach unten plumpsen.

Mit bleiernen Gliedern trottete er auf die letzte Station zu. Wo waren Oda und Fred? Vor ihm oder hinter ihm? Nemo sah sich um, als seine Freunde plötzlich neben ihm auftauchten.

Er grinste.

Sie fassten sich bei den Händen.

Hoffentlich hatte er noch genug Puste für den letzten Sprung!

„Zusammen schaffen wir das!“, rief Oda, als ob sie seine Gedanken erraten hätte.

Nemo nahm all seine Kraft zusammen.

Gemeinsam hopsten sie über die brennenden Holzscheite und taumelten durchs Ziel.

Während sie auf die Auszählung der Punkte warteten, teilten Nemos Eltern Bananen und Getränke aus. Etwas weiter entfernt tröstete Herr Kriegelstein seinen Neffen. Nemo tat Korbinian auf einmal leid. „Er weiß doch noch gar nicht, wie er abgeschnitten hat."
„Wahrscheinlich nicht besonders gut", meinte Oda. „Er ist gerade erst eingelaufen."
Fred nickte. „Und beim Gemüseraten hat er die Frühlingszwiebeln mit dem Lauch verwechselt."
Nemo überlegte, ob er Korbinian eine Banane bringen sollte, als in dem Moment die Preisverleihung begann.
„Und der Gewinner ist ..."
Herr Koch strahlte stolz.

Kapitel 29

Ein unerwarteter Gast

„Fred!“ Nemo rief seinen Freund schon zum zweiten Mal. Während er am Herd stand, saß Fred auf dem Sofa und streichelte seinen Pokal.

„Wie viele Pfannkuchen willst du?“

„Ich? Äh. Ach so.“ Verwirrt sah Fred auf. „Fümpf“, bestellte er und hob grinsend drei Finger.

„Und was willst du trinken?“ Oda deckte den Tisch.

„Kakao“, sagte Fred und dachte kurz nach. „Meint ihr, ich kann aus meinem Pokal trinken?“

„Warum nicht?“ Nemo öffnete den Ofen und schob einen weiteren Pfannkuchen auf den Stapel.

Pfeifend klopfte er ein Stück Butter in die Pfanne und machte sich an den nächsten. Die Stimmung hätte nicht besser sein können.
Fred war heilfroh, dass er seinen Vater so stolz gemacht hatte, Nemo superaufgeregt, weil Hubsi gleich zu Besuch kam, und Oda megazufrieden, weil sie den Bösewicht enttarnt hatten. „Wir sind das beste Krimiteam der Welt!", fand sie. „Ich bin schon gespannt, was Hubsi zu erzählen hat. Was treibt einen erfolgreichen Moderator nur dazu, Kindern ihr Spielzeug zu klauen?"
„Hauptsache, er lässt es in Zukunft bleiben!" Fred wiegte seinen Pokal in den Armen wie ein Baby.
„Na ja." Nemo goss Teig in die Pfanne. „Ein bisschen schade ist es schon, dass nun keine Päckchen mehr kommen."
„Schade?" Fred setzte sich auf. „Du beliebst wohl zu scherzen! Ich bin echt erleichtert, dass wir endlich unsere Ruhe haben." Ein Piepen erklang. Der Kuckuck sprang aus der Uhr und zwitscherte sieben Mal.

Fred pulte die Fernbedienung aus der Sofaritze und schaltete den Fernseher ein. „Schaut mal! Ich komme sogar in den Abendnachrichten. Mit meinem Pokal!“

Oda setzte sich zu ihm. Nemo stellte sich mit Schürze und Schaber neben das Sofa. Mit gemischten Gefühlen verfolgte er die Szene, von der er die ganze Zeit geträumt hatte – nur dass statt seiner nun Fred auf dem Siegespodest stand. Herr Koch überreichte seinem Sohn den silbernen Pokal. Die Boringer applaudierten. Oda umarmte Fred.

Aber Nemo gönnte es seinem Freund.

„Das ist echt cool!“, sagte er.

„Megacool!“ Oda legte Fred einen Arm um die Schulter.

„Findet ihr?“ Selbst im Sitzen wuchs Fred um mehrere Zentimeter.

Nach den Nachrichten strahlte TV Kabeljau die Aufzeichnung des Wetterberichts aus. Hubsi Hubert erschien auf dem Bildschirm und

versprach den Boringern, dass der verrückte Hagel nun endgültig vorbei war.
Nemo war ein bisschen stolz, dass diese Information von ihm gekommen war.
„Aber“, fuhr der Wettermann fort. „Das heißt nicht, dass Boring nun langweilig wird. Ganz im Gegenteil!“ Er trat näher an die Kamera und sah direkt in die Linse. Fast wirkte es, als spräche er sie persönlich an. „Macht euch auf etwas gefasst“, raunte er ihnen zu. „Es warten aufregende Zeiten auf euch!“
Oda stutzte. „Was soll das heißen?“
„Keine Ahnung.“ Nemo zuckte mit den Schultern.
Der Wettermann lachte. „Ich gehe auf Weltreise“, kündigte er an. „Hubsis sportlicher Wetterbericht wird inter-natio-nal!“
Fragend sah Fred Nemo an. „Heißt das, er kommt doch nicht?“
„Doch, bestimmt“, beruhigte Nemo seinen Freund. Aber es beschlichen ihn leise Zweifel.

In dem Moment klingelte es.
„Da ist er ja!" Erleichtert pfefferte Nemo den Schaber in die Spüle und rannte in den Flur, um Hubsi hereinzulassen. Schwungvoll öffnete er ihm die Tür.
„Ach!", rief er überrascht.
„Wer ist es?" Oda lugte Nemo über die Schulter.
„Jedenfalls nicht Hubsi", schnaubte Fred, der ihnen gefolgt war. „So viel ist ein Meteorologen-Ehrenwort also wert."
„Grüß euch, Kinder." Franz Ach lächelte.
„Was machen Sie denn hier?" Nemo klang nicht besonders gastfreundlich. Aber der Bürgermeister nahm ihm das nicht weiter übel.
„Ich helfe ein wenig aus", antwortete er bereitwillig. „Frau Ücke hat Urlaub. Sie bereitet ihre Hochzeit vor. Ich vertrete sie und Herr Ölmez vertritt mich."
„Dann sind Sie als Postbote hier?", fragte Nemo mit bebender Stimme.
„Jo!" Franz Ach sah zu seiner Posttasche. „Ich

habe ein Päckchen für dich. Aber leider ist es ein wenig ramponiert."

„Ramponiert?", fragte Nemo nach.

„Beschädigt", erklärte Fred.

Franz Ach nickte geknickt. „Ich weiß auch nicht, wie das geschehen konnte." Er zog das Päckchen hervor und reichte es Nemo mit entschuldigender Miene.

Nemo erstarrte zu Eis.

Entsetzt blickte er auf das Päckchen in seinen Händen. *Beschädigt?* Das war ja wohl maßlos untertrieben!

Das Päckchen war völlig zerfetzt! Tiefe Kratzspuren überzogen die Oberfläche.

„Okay, danke. Alles klar." Eilig verabschiedete er sich und knallte die Tür zu. Bestürzt sah er seine Freunde an.

„Ist das ...?", begann Oda.

Nemo nickte. „Das Päckchen aus Hubsis Küche!" Seine Knie wurden ganz weich. „Wie haben wir das nur vergessen können?"

„Was steht drauf?“, fragte Fred leise.
„Bitte nicht öffnen – Kratzig!“, las Nemo vor.
Verstört wog er es in seinen Händen.
„Und es ist leer!“

Ende
Oder?

Einige Zeit früher …

„Zwoooosch!“ Korbinian drückte auf den Knopf auf Arkas’ Rücken und fuhr dessen Krallen aus. Er pikste mit einer der Klauen drei Pommes auf, tunkte sie ins Ketchup und schob sie sich in den Mund. Kauend grinste er seinen Onkel an, der neben ihm im Gastraum des Hotel Krone saß, wo sie sich vor dem Actionlauf noch ein wenig stärkten. Falls der überhaupt stattfand.

„Zack! Zack! Zack!“

Korbinian ritzte mit den Klauen des Bärenkriegers drei Schrammen in die Schnitzel-Panade seines Onkels, zerkratzte den Bierdeckel und zerfetzte die Speisekarte.

„Schluss jetzt!“ Jakob Kriegelstein nahm seinem Neffen das Spielzeug ab. Er setzte den Bärenkrieger auf die Fensterbank und lehnte ihn neben Icy Ice-Monsta an den Topf einer Grünpflanze. „Gehen wir deine Pfoten waschen! Du klebst ja vor Ketchup.“ Korbinian stand auf und trottete seinem Onkel hinterher. Arkas und Icy blieben auf der Fensterbank sitzen und blickten auf den Marktplatz hinaus, wo der Bonbonhagel weiter wütete. Aber natürlich konnten die Spielzeuge mit ihren Glasaugen nicht wirklich etwas sehen. Weder die Holzwand, die beim Spielwarenladen aufgebaut war, noch das große Zieltor, das vor dem Rathaus stand; nicht den Tisch mit den Gemüsesorten, den Herr Pinkowski unter dem Dach des Supermarkts vorbereitete und auch nicht den Schatten, der ins Hotel Krone huschte, um einen von ihnen zu stehlen …

Pfeifend betrat der Dieb den Flur seines Hauses. Seine Laune hätte nicht besser sein können! Gut, dass er nach dem missglückten Versuch, den Teddy zu stehlen, gleich weitergezogen war. Das Spielzeug, das er Herrn Kriegelsteins Neffen stibitzt hatte, war viel besser!

Schnurstracks ging er Richtung Küche. Er freute sich schon darauf, das Spielzeug in eine Kiste zu packen und an den ‚Arsch der Welt' zu schicken.

Doch was war das? Der Dieb stutzte.

Auf dem Boden entdeckte er ein paar schwarze Fußstapfen. Rußflecken? Wie kamen die denn hierher?
Stirnrunzelnd öffnete er die Küchentür und trat an den Tisch. Wurde wohl Zeit, dass er den Boden mal wieder wischte.
Er bettete das Kuscheltier in eine Kiste, nahm Schere und Klebeband aus der Schublade und schrieb mit einem dicken Stift die Adresse auf den Karton.

AN NIEMAND!
WO DER PFEFFER WÄCHST
AM ARSCH DER WELT

Zufrieden kicherte der Dieb in sich hinein, als plötzlich ein Rumpeln erklang.

Erschrocken hielt er inne. Das hatte sich angehört, als sei der Wischmopp umgefallen – der Wischmopp, den er schon seit einer Ewigkeit nicht mehr benutzt hatte!

Schnüffelte da etwa jemand in seiner Vorratskammer herum?

Der Dieb schniefte. Schwarze Tränen rannen ihm über die Wangen.

Sei's drum! Er würde sich nicht stören lassen. Nicht im schönsten Moment des Tages. Er wandte sich wieder dem Päckchen zu. Wer auch immer da in seiner Vorratskammer steckte: Es gab kein Entkommen! Er würde in aller Ruhe zu Ende packen … und sich dann den Eindringling schnappen!

Dies war der siebte Band von „Bitte nicht öffnen“.

Eigentlich könnte in Boring jetzt alles gut sein. Die Maipupus sind zurück bei ihrem Besitzer, der Bonbonhagel hat aufgehört und Nemo, Oda und Fred sind wieder richtig dicke Freunde.

Doch Nemo versteht die Welt nicht mehr.
Ein neues Paket kommt an ... aber es ist leer! Und total zerfetzt!
Ist das Wesen verschwunden? Warum ist es KRATZIG?
Was hat das alles nur zu bedeuten?
Und wo steckt der Spielzeugdieb?

Lies auch das nächste Abenteuer:

BITTE NICHT ÖFFNEN
KRATZIG!

Dieses Abenteuer erscheint im Sommer 2023.

Charlotte Habersack setzte sich mit sieben Jahren an die Schreibmaschine ihrer Mutter und fing an, ein Buch zu tippen. Seitdem hörte sie mit dem Schreiben nicht mehr auf. Heute verfasst sie vor allem Drehbücher und jede Menge wunderbarer Kinderbücher, zum Beispiel die verrückten Abenteuer von „Pippa Pepperkorn“.
Über Päckchen freut sie sich immer. Egal, was drin ist.

www.charlotte-habersack.de

Fréderic Bertrand hat Illustration und Trickfilm in Bremen studiert. Heute lebt und zeichnet er in Berlin und lässt schnodderige Schneemonster, bissige Vampire und bleiche Skelette bei sich zur Untermiete wohnen.
In seinem Atelier steht schon seit Jahren ein Paket ohne Absender. „Bitte nicht öffnen!" steht darauf. Und daran hält er sich auch.

www.meanwhile-at-the-laboratory.blogspot.de/

LESEPROBE

aus „Bitte nicht öffnen Kratzig!“

Im Wohnzimmer der Pinkowskis roch es stark verbrannt. Schuld daran war aber nicht das seltsame Päckchen, das Nemo erhalten hatte, sondern der letzte Pfannkuchen, der ihm auf dem Herd verkohlt war. Nun lag der schwarze Teigfladen dampfend im Mülleimer. Das Paket hatte Nemo auf dem Esstisch abgelegt.

Beunruhigt standen die drei Freunde darum herum und starrten auf die zerstörte Verpackung. Die schwarze Tränenkruste, die das Päckchen verklebte, sprühte an manchen Stellen noch Funken. Kleine Rußwölkchen schwebten über dem zerfetzten Karton.

Fred nahm einen tiefen Schluck aus seinem Pokal und leckte sich anschließend den Kakao-Bart von den Lippen. „Sieht aus, als wäre die Kiste von innen geöffnet worden“, sagte er fachmännisch.

„Und ist sie wirklich leer?“ Fragend sah Oda Nemo an.
„Glaub schon.“ Neugierig beugte sich Nemo über das Loch im Deckel, als ihm plötzlich ein Auge entgegenblickte.
„Woah!“ Zu Tode erschrocken wich er zurück. „Da ist doch etwas drin!“
„Ach du heiliger Bimbam!“ Fred wurde bleich.
Entsetzt starrten sie alle drei auf das Auge, das angstvoll zurückglotzte. Es war weit aufgerissen und quoll unnatürlich hervor, winzige rote Äderchen überzogen den Augapfel.
Nemo beruhigte das etwas.
„Was auch immer da in der Kiste ist“, sagte er, „es hat mindestens so viel Angst vor uns wie wir vor ihm.“
Vorsichtig näherte er seine Hand dem Loch in der Kiste und zupfte es ein wenig weiter auf.
„Was machst du denn da?“ Hastig trank Fred seinen Pokal leer und hielt ihn in die Höhe, um ihn im Ernstfall über das Wesen zu stülpen, falls es ihnen entgegensprang.
Oda kaute nervös auf ihrer Unterlippe. „Hoffentlich hast du recht.“ Misstrauisch beäugte sie, wie Nemo den Deckel aufriss.
Mit bebenden Herzen beugten sie sich über den Tisch und spähten in den Karton.
Erleichtert ließ Fred den Pokal wieder sinken. Er atmete auf. „Nur eine Maus!“

„Wie niedlich!" Entzückt sah Oda auf das graubraune Fellknäuel, das sich ängstlich in eine Ecke drückte.
„Die zittert ja wie Espenlaub", stellte Fred mitfühlend fest. „Die Arme sieht aus, als ob sie den leibhaftigen Teufel gesehen hätte!" Er stellte seinen Pokal ab und streichelte der Maus zärtlich über den Rücken. „Ihr Fell ist ganz weich", rief er verzückt.
„Und guckt mal, ihr süßes Schnäuzchen!" Oda hielt der Maus ein Stück Pfannkuchen hin, das diese in ihre winzigen Pfötchen nahm und genüsslich mümmelte.
„Wie goldig!" Fred war ganz aus dem Häuschen. „Können wir sie behalten?"
„Zumindest eine Weile", meinte Oda. „Da es diesmal ein harmloses Kuscheltier ist, müssen wir es ja nicht unbedingt sofort zurückbringen. Wir können uns erst mal auf den Dieb konzentrieren und ihn stoppen, bevor er auf Reisen geht! Sonst beklaut er noch Kinder in anderen Ländern und sorgt weltweit für Wetterchaos."
Alarmiert sah sie Nemo an, der schon eine ganze Weile nichts mehr gesagt hatte. „Was ist denn mit dir los?" Oda gab ihm einen sanften Stups in die Rippen. „Warum sagst du nichts?"
„Ja!" Fred grinste seinen Freund an. „Freust du dich nicht? Mit so einem Monster kommen wir doch sicher gut klar." Behutsam nahm er die Maus auf den Handteller und

kraulte ihr den Nacken. „Wir können die Maus sogar mit auf die Suche nehmen."

„Sicher", murmelte Nemo und rang sich ein Lächeln ab. Er wollte die anderen nicht beunruhigen, aber in seinem Kopf kreisten ein paar unbeantwortete Fragen: Warum sah das Paket so zerfetzt aus? War wirklich die kleine, süße Maus dafür verantwortlich? Zweifelnd betrachtete Nemo die rosaroten Pfötchen des Nagetiers. Die durchsichtigen Krallen wirkten alles andere als *kratzig*. Und noch etwas stimmt hier nicht, dachte er. Etwas stimmt hier ganz und gar nicht ...

Dieses Abenteuer erscheint im Sommer 2023

PÄCKCHEN AUF –
UND AUF INS ABENTEUER!

BITTE NICHT ÖFFNEN 1: BISSIG!
ISBN 978-3-551-65211-9

BITTE NICHT ÖFFNEN 2: SCHLEIMIG!
ISBN 978-3-551-65212-6

BITTE NICHT ÖFFNEN 3: DURSTIG!
ISBN 978-3-551-65213-3

BITTE NICHT ÖFFNEN 4: FEURIG!
ISBN 978-3-551-65214-0

BITTE NICHT ÖFFNEN 5: MAGIC!
ISBN 978-3-551-65215-7

BITTE NICHT ÖFFNEN 6: ROSTIG!
ISBN 978-3-551-65216-4

WWW.CARLSEN.DE

CARLSEN

FREUNDE SIND DER GRÖSSTE SCHATZ!

Charlotte Habersack &
Fréderic Bertrand
BITTE NICHT ÖFFNEN: NUR MEINE FREUNDE (FREUNDEBUCH)
Hardcover
128 Seiten
ISBN 978-3-551-65047-4

»BITTE NICHT ÖFFNEN!« Außer, wir sind Freunde. Freunde teilen alle Geheimnisse und erleben zusammen die tollsten Abenteuer! Also los, Buch aufmachen und Fragen beantworten! Nemo, Fred und Oda haben sich schon eingetragen! Magst du schleimigen Ekelregen? Wohin schick ich dir geheime Päckchen? Und wie sieht dein Lieblingsspielzeug aus?
Ein monsterstarkes Buch zum Ausfüllen mit einem Fenster im Cover für dein Foto, lustigen Steckbriefen, Geburtstagskalender und Türschildern. Das perfekte Geschenk zum Schulanfang, nicht nur für Fans der Bestseller-Reihe.

WWW.CARLSEN.DE

CARLSEN

DU HAST LUST AUF NOCH MEHR LUSTIGE ABENTEUER UND LESESPASS?

ÜBER ALLE GRENZEN

DIE SCHOOL OF TALENTS

Alva kann Tiere verstehen. Doch auf der „School of Talents“ ist das ganz normal! In diesem Internat haben alle fantastische Fähigkeiten. Sie können sich verwandeln, Tiere verstehen, Wasser beherrschen ... so was eben!

LESEPROBE AUS „SCHOOL OF TALENTS – ERSTE STUNDE: TIERISCH LAUT!"

„*Und? Wie lange hab ich's geschafft?*", fragte die eine Schulfliege, als sie neben einer zweiten Schulfliege auf der Fensterbank landete.
„*Elf Sekunden! Ich bin dran!*", antwortete die andere Fliege und hob ab.
„*Okay, aber du musst dich auf seine Nase setzen und ich zähl mit, wie lange es dauert, bis er zuckt!*"
Alva beobachtete, wie die Fliege startete und ihren Schulkameraden Marco umschwirrte. Das Insekt zog kleine Kreise um Marcos Ohr. Dann umrundete es seine Nase und schaffte es, darauf zu landen, bevor Marco unwillig den Kopf schüttelte und den Brummer mit der Hand vertrieb.
Die zweite Fliege jubelte, als sie wieder auf der Fensterbank ankam.
„*Gewonnen! Das waren mindestens vierzehn Sekunden!*"
„*Das ist eine Lüge! Es waren nicht mal zehn*", widersprach die erste.
„*Das glaub ich jetzt einfach nicht! Vierzehn! Ich hab mitgezählt!*"
Die erste Fliege machte einen wütenden Salto.

„Zehn! Oder seit wann kommt nach neun vierzehn, du hirnloses …"

„… Alva? ALVA!" Die Stimme von Frau Brösengel riss Alvas Aufmerksamkeit vom Streit der beiden Fliegen weg und zurück zum Unterricht. Alva hustete verlegen und richtete sich auf, während ihr Blick zur Tafel wanderte.
Was war die Frage gewesen? Es standen fünf Sätze angeschrieben, in denen verschiedene Wörter kunterbunt unterstrichen waren. Keine Chance, daraus abzuleiten, was ihre Lehrerin von ihr wissen wollte.
Regungslos und mit verschränkten Armen stand Frau Brösengel da und ließ ihre Schülerin nicht aus den Augen.
Alva blinzelte und schluckte trocken.
Frau Brösengel begann, mit dem Fuß auf den Boden zu tippen. „Wir warten!"
Tock, tock, tock.
Alvas Blick hüpfte zwischen den Wörtern hin und her. Mit welchem sollte sie ihr Glück versuchen? Vielleicht war „schwimmen" richtig? Oder „der Hund"? „Meine Oma"?
„Schwimmen", krähte es plötzlich aus der ersten Reihe.
Sofort strahlte Frau Brösengel den Schüler überglücklich an.
„Sehr gut, Carlos", lobte sie das nervige Wunderkind, das zwar erst acht war, aber schon mit Alva in der vierten Klasse

saß. Und als wäre das nicht schlimm genug, war es auch noch Alvas Bruder.

Alva sank an die Lehne ihres Stuhls zurück.

Den Rest des Unterrichts starrte sie an die Tafel und kämpfte mit den Tränen. Dabei tat sie so, als ob sie die Fliegen auf der Fensterbank nicht streiten hören konnte. Wieder mal. Wie immer gab sie vor, ein normales Mädchen zu sein. Ein absolut durchschnittliches Mädchen, für das Fliegen nur summten, Frösche quakten und Hunde bellten.

Alva seufzte. Leider hörte sie ganz genau, dass sich die Fliegen auf der Fensterbank laut anbrüllten. Und sie verstand auch, was sie sich gegenseitig an den Kopf warfen. Unmöglich, da NICHT zuzuhören.

Und es waren nicht nur die Fliegen. Auf dem Baum vor dem geöffneten Fenster des Klassenzimmers erzählten sich zwei Eichhörnchen Witze. Und zwar wirklich gute Witze. Alva biss sich auf die Lippe, um nicht laut loszulachen.

Leider konnte Alva nicht beweisen, dass sie Tiere verstand. Wenn sie richtig mit ihnen sprechen könnte, wäre es vielleicht anders. Dann könnte Alva die Fliegen bitten, einen Kopfstand zu machen oder so, und wenigstens ihre Familie würde ihr glauben. Oder zumindest nicht mehr behaupten, Alva hätte einfach nur sehr, sehr viel Fantasie und würde sich das alles nur ausdenken.

Alva hatte ihren Eltern fest versprechen müssen, mit niemandem in der Schule über ihre „wilden Einfälle" zu reden. Weil sie sonst keine Freunde finden würde, hatten sie gesagt. Und Alva hielt sich daran. Kein Wort verlor sie je über die Stimmen in ihrem Kopf. Trotzdem wollte keiner mit einem Mädchen befreundet sein, das wirkte, als wäre sein Kopfradio auf volle Lautstärke gedreht.
Alva versuchte immer, normal zu wirken. Ehrlich. Sie strengte sich echt an!
Aber Tiere redeten einfach unheimlich viel.

Hat dir der Anfang gefallen? Lies weiter in „School of Talents – Erste Stunde: Tierisch laut!"

FILMFIEBER IN DER SCHOOL OF TALENTS!

Silke Schellhammer
SCHOOL OF TALENTS 2: ZWEITE STUNDE: STROMAUSFALL!
Hardcover
256 Seiten
ISBN 978-3-551-65147-1
Auch als E-Book erhältlich

FILMFIEBER IN DER SCHOOL OF TALENTS! Das Internat veranstaltet einen Filmwettbewerb und alle setzen ihre phänomenalen Talente ein, um die tollsten Szenen zu drehen. Alvas Freund Jonas will unbedingt gewinnen. Doch seltsame Stromausfälle bringen den großen Premieren-Abend in Gefahr. Wer steckt dahinter? Und kann die geheimnisvolle Anzeigetafel den Freunden dabei helfen, Licht ins Dunkel zu bringen?

Weitere Abenteuer in Vorbereitung.
„Bitte nicht öffnen“ gibt es überall im Buchhandel
und auf

MIX
Papier | Fördert gute Waldnutzung
FSC® C014496

AUCH ALS HÖRBUCH BEI SILBERFISCH

Umschlag und Innenillustrationen: Fréderic Bertrand
Umschlaggrafik: Sabine Reddig
Lektorat: Anna Herberhold
Satz: Pinkuin Satz und Datentechnik, Berlin
Lithografie: Margit Dittes Media, Hamburg
Gestaltung und Herstellung: Constanze Hinz & Stefan Haupt
ISBN 978-3-551-65217-1
Mit Fragen zur Produktsicherheit wenden Sie sich bitte an:
carlsen.de/kontakt